MON AMOUR MA VIE

ISBN 978-2-7427-7374-9

CLAUDIE GALLAY

MON AMOUR MA VIE

roman

BABEL J

Maintenant, il reste à trouver un chat. Une bête suffisamment confiante pour se laisser approcher par les mains de Pa'.

Il faut des jours. À guetter autour des trous d'égouts. Dans les fossés à rats. Sous la bretelle du périph'.

Des jours à attendre.

Et puis un matin, il est là.

C'est un chat de zone, un mâle à poils roux, maigre.

Un bouffeur de lézards.

Quand il le voit, Pa' retourne à la caravane, il verse du lait dans un bol et il remonte le chemin jusqu'au fossé. Il pose le bol dans l'herbe et il s'assoit sur une pierre. À l'écart.

Le chat, c'est un méfiant. Il ne s'approche pas tout de suite. Il regarde la coupe, le lait, les voitures qui passent sur le périph'.

Il regarde Pa'.

Et puis il s'avance. Il n'a pas l'habitude du lait.

Il tourne autour du bol en fixant Pa' par en dessous.

Bientôt, il a les yeux dans le lait. Maintenant, dans son cœur, le lait, ça pèse plus lourd que la peur.

Pa' le laisse vider la moitié du bol et il se rapproche.

Il s'assoit à côté du bol, la main écartée sur la terre. Une main immobile, avec des doigts larges, carrés.

Les mains de Pa', même quand elles ne bougent pas, elles font penser à des mains de tueur.

Le chat regarde la main.

Il regarde Pa'.

Et puis il revient laper le lait.

Autour, l'air est chaud. La cognée du soleil fait vibrer la terre, le lait à la surface du bol. Elle fait des ombres nettes sous le chat.

Le chat lape, les yeux à demi fermés.

Pa' regarde le chat. Il regarde sa main. L'espace qu'il y a entre. Il ne bouge pas. Il laisse la confiance grandir dans le chat.

Il évalue le geste, la distance.

Quand la confiance est grande, il avale, un grand coup d'air. Il bondit. Il empoigne le chat. Du dos. Du cou. Il l'écrase des deux mains et il ne le lâche plus.

Les mains de Pa', c'est comme un coup de pelle. Le chat pousse un miaulement terrible. Il raye l'air autour de lui.

Avec ses griffes, il cherche à attraper la peau de Pa'. Ses yeux. Il n'attrape rien.

Sur le sol, le bol se renverse. Le lait coule. Il disparaît dans la terre.

Pa' revient au camp en tenant le chat à bout de bras.

– Dépêche-toi ! il gueule en direction des caravanes.

Sam sort du chapiteau. Avec lui, l'oncle Jo. Mam', Chicot. On est tous là.

– Putain, un roux !

Le chat a encore du lait sur les moustaches. Quand il passe à côté de moi, je croise ses yeux. Je vois les gouttes.

Je suis triste à pleurer.

– Un putain de roux !

C'est ce qu'il répète, Sam, en tirant la bassine d'entre les roues du fourgon. Le sac à ciment. Il fait couler de l'eau et il commence son mélange. À la truelle.

– Fais-moi passer le sable, il me dit.

Il brasse le sable dans le ciment. Il fait couler l'eau. Il brasse encore jusqu'à ce que la pâte soit lisse.

Pendant tout le temps qu'il fait ça, Pa' tient le chat écrasé sur la terre. Quand le ciment glisse sous la truelle, Sam nous regarde.

– C'est prêt, il dit.

Moi, je regarde la bassine. Le chat.

Pa' récite un texte, c'est du rom, je ne comprends pas. L'oncle Jo récite aussi. Entre chaque prière, Chicot pose une pincée de poudre sur la tête du chat. Chicot, c'est le grand-oncle, le plus vieux des Pazzati. Il est le seul à pouvoir toucher la poudre. Mam' le regarde faire. Ça dure un moment.

Je fixe le chat. Je ne peux pas m'empêcher. Sa bonne grosse tête et ses yeux.

Ses yeux de vivant.

Il a peur.

Ça sert à quoi la peur, je me dis en le regardant.

Quand la prière est finie, Pa' fait un signe et on s'éloigne tous de la bassine.

Pa' soulève le chat, devant et puis plus haut, au-dessus de sa tête. Il le tient à deux mains, avec le soleil derrière. Le ciel bleu, brillant. C'est comme s'il voulait donner le chat aux dieux.

Le chat, il n'est pas pour les dieux, il est pour la terre, pour la protection du camp. Pour qu'on puisse sortir sans mourir. C'est écrit. Depuis qu'il y a des Pazzati. Dans la tête et dans les mots.

C'est écrit dans notre sang.

Pa' s'approche de la bassine. Le chat, il a trop peur. Peur pour tout. Pour miauler. Pour bouger.

On ne s'échappe pas des mains de Pa'. Le chat le sait. Il attend. Les pattes écartées. Le ventre blanc.

D'un coup, Pa' se baisse et il le plonge vivant dans le ciment.

Le chat, ça doit être terrible pour lui, à cause du bruit qu'on entend, des pattes qui griffent dans la bassine.

Pa' ne le lâche pas. Il l'enfonce.

Il récite du rom. Des paroles sacrées qui lui viennent de ses ancêtres. Du temps d'avant.

Pendant tout le temps que le chat meurt, Pa' récite.

Bientôt, le chat est englouti.

On voit juste le dessus des poils, la forme couchée.

Les mains de Pa'.

Pa' nous regarde tous, les uns après les autres. Après, il sort le chat de la bassine et il le pose sur une pierre, au soleil.

Il se lave les mains.

Il lave la bassine. Le reste de ciment.

Le chat commence à sécher. Le ciment fait de la croûte épaisse qui devient grise et puis blanche.

La croûte durcit. Le chat aussi.

La vie du chat.

Sous le ciment.

Enfermée.

Et puis la bouche ouverte parce que le ciment a durci son dedans. Qu'il la laisse écartée.

Maintenant que le chat est sec, on est tous protégés. C'est une tradition.

Prendre un chat et enfermer sa vie dans du ciment.

– Ça protège de tout, même de la peste, c'est ce qu'il dit, Pa'.

Le jour où on quittera le camp, on cassera le chat. On lui rendra sa liberté. En attendant, Pa' le range dans un endroit spécial, derrière une grille clouée contre la tôle de la caravane.

Avec le soleil sur le ciment, le chat devient comme de la pierre.

Quand je passe à côté de la grille, je n'ose pas le regarder. Ce n'est plus le chat vivant. C'est autre chose.

Quelque chose qui a une force sur les vivants. Mam' lui met des fleurs. Des rubans de couleur. Elle accroche des papiers aux barreaux.

– Tu t'habitueras ! elle dit.

Je ne m'habitue pas. Je m'assois sur la pierre devant le chapiteau et je regarde les nuages. Les premières gouttes me tombent dans les yeux, on dirait que je pleure.

Après, je regarde Mam' et je pense à toutes les belles choses que la vie invente, le feu, les saucisses grillées, le regard de Mam'.

– Mam' ?

– Mmm…

– Tu crois vraiment qu'on va rester là ?

Mam' tire sur sa cigarette.

– Discute pas.

– Je discute pas mais j'aimais mieux avant.

Mam' souffle la fumée loin d'elle.

– On aime tous mieux avant. Quand tu connaîtras ici, tu aimeras.

Toutes les villes se ressemblent. Avant d'arriver ici, on en a traversé mille sans jamais s'arrêter.

Ce terrain vague, on ne l'a pas choisi. On est arrivés un jour de grande pluie, les routes étaient inondées, on ne pouvait pas aller plus loin. On s'est arrêtés sur le premier terrain qu'on a trouvé. Un coin d'herbe rase en sortie d'autoroute, avec le périph' tout autour, la voie ferrée.

On a planté le chapiteau derrière le pylône, sous l'aire de retournement, avec les camions, les caravanes et la cage des tigres. D'une certaine façon, c'est facile de venir jusqu'à nous.

L'endroit, on l'a baptisé Al' Bamo. C'est Pa' qui a décidé ça parce qu'en iroquois, Al' Bamo ça veut dire paradis.

En vrai, ça s'appelle le rond-point de la Pologne.

Quand on est arrivés, je dormais. Je n'ai pas vu la mer. Quand je grimpe à la cime du camion, je ne sais même pas dans quelle direction regarder.

– Mam' ?

– Quoi encore…

– Ça fait combien de temps qu'on est là ?

– Deux semaines, un peu plus.

– Et c'est loin la mer ? je demande.

Mam' écrase sa cigarette. Tous les jours je lui demande, à force elle ne répond plus.

Le lendemain il y a des saucisses à l'ail. Personne ne sait où l'oncle Sam les a trouvées.

L'oncle Sam, c'est son talent, son génie, trouver de la nourriture dans des endroits où il n'y en a pas.

C'est un roi pour ça.

L'oncle Sam, il fait dans la combine honnête, mais Pa', c'est un voleur.

C'est Mam' qui le dit.

Elle dit aussi que je tiens de Pa'.

Pa' a un revolver. Un Beretta qu'il garde plié dans un torchon sous son matelas.

Mam' ne veut pas que je dorme dans la caravane avec eux. Je crois que c'est à cause du Beretta.

Je dors dans le fourgon avec ma guenon. Ma guenon s'appelle Tamya.

Tamya, ça veut dire Née le même jour.

La guenon et moi, on ne s'est jamais quittés. On s'est donné nos maladies. On en a toujours guéri. Sauf une fois, une sorte de mort lente, il a fallu les poudres de Mam' pour nous sauver.

Pour les saucisses, l'oncle Sam fait le feu avec des restes de cageots. La terre est mouillée, la fumée sort épaisse, elle pique la gorge.

Quand le feu est prêt, il couche les saucisses sur la grille. La viande coule en graisse dans les flammes. Je me cale entre les jambes de Chicot et je regarde brûler.

J'écoute l'oncle Jo, son saxo. Il n'y a rien de plus beau que la musique quand elle sort de l'oncle Jo.

L'oncle Jo dit qu'avec le saxo, il sent le feu de la terre lui remonter dans le ventre. La terre d'ici, c'est plutôt du sable, un mélange de poussière et de clous rouillés.

Moi, même les pieds nus, je ne sens rien.

Quand les saucisses sont cuites, Sam coupe le pain en sandwich. Il distribue. Deux saucisses chacun. Avec de la moutarde. Je mords dedans, le goût me rentre dans la bouche.

J'ai du jus sur les doigts, entre les dents. Je m'en mets partout. Je mange et je regarde par-dessus le visage de l'oncle Jo. Ses doigts sur les touches. La lumière du feu sur le saxo.

Parfois, la musique est tellement belle, j'arrête de mâcher.

Autour du camp, il y a la ville. Le ciel noir, épais. Plus loin, il y a la mer.

– Il va pleuvoir, dit Pa' en montrant les nuages.

J'ai juste le temps d'attraper ma guenon et la pluie se met à tomber, des gouttes larges, épaisses. On court tous se mettre à l'abri dans la caravane de Chicot.

À cause de la radio.

On se serre autour de la table et Chicot pousse le son. C'est toujours lui qui décide de la station.

Dehors, le vent souffle en rafales. Le sable cingle contre la tôle. Même en mettant les mains, on ne voit rien.

Les deux oncles sortent pour vérifier la bâche du chapiteau. Ils enfoncent les piquets au plus profond, ils font ça l'un après l'autre, sous la pluie, en cognant dessus avec la masse.

Quand ils reviennent, ils ont le dos trempé. Ils tapent leurs chaussures contre les marches. Ils disent qu'il y a des fuites dans la bâche et que l'eau coule sur la piste. Que les gradins sont trempés.

Au plus gros des éclairs, j'attrape la guenon et je me glisse avec elle sous la table. Je la serre.

Après, la radio s'éteint. La lumière. Il reste les respirations autour de la table.

– Chienne de vie !

Parce que ça craque dehors. La caravane commence à balancer méchamment. Il fait chaud. Le pull des oncles sèche en vapeur. À cause de la pluie, on ne peut rien ouvrir.

Mam' allume les bougies.

Ça dure une heure, peut-être deux. La guenon, je la téterais si je pouvais. Je lui lèche la langue. Sur le bout, c'est râpeux mais le dessus, c'est doux. Ça sent le sel mouillé. Je crache les poils. Je recommence. Langue contre langue. C'est comme ça chaque fois que j'ai peur. Quand j'ouvre les yeux, je tombe dans les siens. Je m'enfonce.

L'oncle Sam se colle à la fenêtre, il s'appuie des deux mains pour voir dans l'orage.

– Alors ?

– Je vois rien…

Un moment, ça devient tellement violent qu'on croit tous que c'est la mort.

La mort ne vient pas.

Simplement, au-dehors, on ne sait plus si c'est le jour ou la nuit.

On entend un claquement sec. Avec les éclairs, c'est comme un morceau de jour au milieu de la nuit. Dans la lumière, on voit le pylône, arraché, soulevé, un instant immobile et puis renversé de tout son poids sur la terre.

Quand il touche le sol, la caravane tremble. Je tremble aussi. Je m'attrape les couilles et je commence à claquer des dents.

Dehors, c'est la tempête, le vent qui balaye tout à l'arraché. L'eau coule sur le sol, elle rejoint les fossés, le derrière des caravanes. Chicot ouvre la porte, il retient le battant à deux mains.

– Nom de Dieu ! parce qu'il voit la tonne de ferraille en travers du chemin.

Les autres mettent leurs bottes et ils sortent.

Quand ils reviennent, ils ne savent plus quoi penser. Sam écarte les bras.

– On passe en voiture mais pas avec les camions.

– Et les caravanes ? demande Mam'.

– Non plus.

– On va faire quoi ?

– Il n'y a rien à faire… Attendre qu'ils nous dégagent.

Mam' montre le pylône.

– On ne peut pas le tirer avec le camion ?

– Tu sais combien ça pèse un truc comme ça ? Même avec les camions en remorque, on le bougerait pas d'un mètre.

– J'aime pas l'idée d'être fermé, dit Pa' en râlant.

– C'est pas la peine de s'énerver, dit l'oncle Sam. De toute façon, on n'avait pas prévu de partir de là avant l'été.

Pa' fait les cent pas devant la caravane.

– J'aime pas l'idée, c'est tout !

– On va vraiment rester là ? je demande en levant le rideau.

Chicot fait une grimace et il crache son tabac par la porte.

– Tu veux qu'on aille où ?

Je regarde du côté de la ville, du pylône. Ma carte de France, je ne la connais pas, mais j'imagine qu'il doit y avoir des endroits plus beaux que celui-là.

Si encore on s'était mis côté mer.

L'après-midi, avec Pa', on fait des pancartes. Des morceaux de carton sur lesquels on écrit le nom des Pazzati. Pa' est le seul à bien savoir écrire. Il sait aussi parler iroquois et dompter les éléphants.

Il sait les tuer aussi. L'an dernier, il a abattu le sien. À cause de la drôle de façon qu'il avait de baisser le front en fixant les gradins. Un matin, il a emmené l'éléphant. Il a fait ça tout seul, derrière, sur le plat du terrain. C'était un autre camp.

J'ai entendu quand il a tiré.

Cette nuit-là, l'oncle Jo a joué du saxo toute la nuit.

Après, on a dû quitter la ville à cause du cadavre qui séchait. Pa' a remplacé l'éléphant par une chèvre.

– C'est moins encombrant ! il a dit en plantant le piquet.

Sur la piste, c'était quand même plus petit mais personne n'a discuté.

Pa' lui a mis des décorations, des plumes qu'il avait trouvées au fond d'un carton. Elles étaient sales, usées.

Un jour, la chèvre a bouffé la corde et elle est partie.

Les pancartes, on les accroche aux panneaux le long du périph'. Les camions passent vite, ils ne lisent pas.

Les cartons tiennent deux jours, après on nous les vole. Il aurait fallu rester à côté, les défendre au couteau, c'est ce qu'il dit, Pa', en regardant la ville.

Pa' ne se laisse pas démoraliser. Il fabrique une autre pancarte et il me l'accroche sur le dos. Je suis léger. Les camions me soulèvent de terre. Au début, ça me fait rire, après ça me fait peur. Les premiers jours, je m'acharne tant que je peux. Les camions klaxonnent. Ils ne ralentissent pas.

Je sens le vent des roues.

À la fin, j'en ai marre du bruit, de la poussière et du danger. J'enlève la pancarte, je la pose dans l'herbe et je me couche dessus.

L'oncle Jo dit que la mer est de l'autre côté, pas très loin. Il dit aussi que toutes les mers se ressemblent mais que celle-ci, on peut la regarder des heures sans jamais s'ennuyer.

L'oncle Jo, c'est un poète. Quand il me parle, je rêve.

J'ai les roues à hauteur de nez et la terre qui tremble par en dessous, la chaleur du goudron.

Je rêve quand même.

Je ferme les yeux, je respire l'essence à pleins poumons et j'imagine ce qu'on trouve quand on avance droit devant sans jamais s'arrêter.

Chicot aime les fleurs. Il en a sur ses chemises, sur ses foulards, et maintenant, il veut en planter des vraies contre la butte.

– Et quand on va partir… je lui demande.

Chicot hausse les épaules.

– Elles continueront de pousser.

Il sort un carton de la Mercedes. Il l'ouvre. À l'intérieur, il y a de la paille.

– Regarde-moi ça…

Il enlève la paille. Dessous, il y a des cygnes.

– C'est de la porcelaine, il dit.

Je n'ai jamais vu de cygnes. Je préfère les crapauds, les choses vertes qui vivent dans la vase ou alors dans les trous comme les rats d'eau ou les belettes.

Chicot les sort, il les pose sur la terre, à côté des fleurs.

– Je vais planter des tulipes dedans.

Il prend un torchon et il commence à frotter.

L'oncle Sam, c'est un moqueur. Quand il voit les cygnes, il pince les lèvres. Il attrape un brin de paille et il se le glisse entre les dents.

– Tu vas faire quoi avec ça ? il demande.

Chicot ne répond pas. Il fait briller les cygnes. Quand il a fini, il gratte dans la terre avec ses doigts. Il écrase les mottes. C'est sec. Il va chercher de l'eau dans la caravane.

Quand il revient, l'oncle Sam est toujours là avec ses yeux plissés.

– Et t'as payé combien pour avoir ça ? il demande en riant.

Chicot hausse les épaules. Il prend de la terre et il bourre tout l'intérieur des cygnes.

– Quand les fleurs sortiront, tu verras !

– J'en doute pas…

Mam' arrive et elle le pousse avec son coude.

– Tu peux rire ! il dit Chicot, vexé.

– Je ris pas !

– Tu fais quoi alors ?

Mam' a les larmes plein les yeux de regarder les cygnes, leurs grands cous penchés.

– Ils sont blancs, elle finit par dire.

Elle éclate de rire et on sent bien que même si Chicot la tuait, elle ne pourrait pas s'arrêter.

Sam la regarde.

– Même pas de quoi bouffer et l'autre qui plante ses tulipes dans le cul d'un cygne !

Pour Mam', c'est trop, elle s'accroche à Sam et ils vont rire plus loin.

Moi aussi j'ai envie de rire. Ça me monte de les entendre s'éclater dans mon dos.

Je regarde les cygnes, la tête de Chicot. Je ne ris pas.

– Te gêne pas ! il dit Chicot en me montrant les autres.

Justement, je me gêne.

Le soir, on se retrouve tous autour du feu. Chicot gratte dans les braises avec la pointe de son bâton. Ce n'est pas la première fois qu'il parle des beignets mais cette fois, il est sûr de son idée.

– On peut en vendre des centaines, à l'ouverture mais aussi à la sortie, quand les gens ont bien faim.

Il parle du prix, de l'endroit où il mettra l'appareil.

Il ne parle pas du prix de l'appareil ni d'où il prendra l'argent pour l'acheter.

Il regarde Mam'.

Mam', c'est la reine des Pazzati, la seule femme.

Un jour, j'étais dans le ventre de Mam' et je suis sorti. Avant moi, il y a eu Petit Max mais Petit Max est mort.

– Tu pourrais faire du trapèze, il dit Chicot en la regardant.

Avec son bâton, il dessine l'affiche, les jambes de Mam' pendues à la barre.

Mam' ne veut pas.

– Il n'y a plus de filet, elle dit.

L'oncle Jo hausse les épaules.

– Des générations de Pazzati ont fait sans filet !

– Et ça en a tué combien ? elle demande Mam' en levant le menton.

L'oncle Jo ne peut pas répondre.

Chicot imagine tout, la hauteur du nouveau chapiteau, les étoiles, les chevaux.

Mam' voit seulement la bâche crevée, les gamelles vides.

– On pourrait même faire venir la Vieille !

La Vieille, la dernière des Pazzati. La seule qui sait cuisiner.

– Quelqu'un sait où elle est ?

– À Paris, quelque part en banlieue. Pas difficile à retrouver, dit l'oncle Jo.

Ils se tournent tous vers Mam' comme si ses jambes au trapèze pouvaient réunir toute la lignée.

– Je ne monterai pas, elle dit simplement.

D'un coup, de penser à la Vieille, la faim revient. On se remet à parler des beignets.

Bientôt, on est tous pris dans le rêve.

Tous, sauf Mam'.

Mam' ne veut pas d'une autre femme.

Mam' est la plus forte. Contre ses insultes, personne ne peut rien.

Même Chicot ne peut pas lutter contre elle.

– Tu pourrais faire un effort, il dit.

Mam', les efforts, elle n'aime pas ça. On le sait tous ici. On sait aussi qu'avec ses ongles, elle peut nous défigurer.

À la fin, Chicot s'en va. On entend claquer la portière de la Mercedes et tout de suite après, le moteur qui démarre.

La Mercedes est vieille. Déglinguée. Elle cale. On entend les coups qu'il donne contre la carlingue. On se regarde par en dessous. Si la Mercedes lâche, il ne pourra plus tirer sa caravane.

Petit Max, c'est le frère que j'ai dedans. Il est plus grand que moi mais il n'est pas aussi vivant.

Il n'a pas de corps.

Quand il est né, il est mort.

C'est pour ça que Petit Max est dans mon ventre.

Quelquefois il s'en va.

Je crois qu'il dort.

Mam' ne veut pas que je lui parle mais elle ne peut pas me l'interdire.

Mam' a eu Petit Max avant moi. Elle dit que c'est du passé, qu'il ne faut pas jouer avec ça.

Je ne joue pas.

Moi, quand j'aime, c'est pour longtemps.

Petit Max, je ne l'oublie pas. Même quand on change de camp. Je lui parle sans les lèvres, juste avec la voix du dedans. Une voix grave qui me résonne dans le bas du ventre.

– Je peux m'asseoir ?

Mam', elle est dans mon soleil, ses jambes plantées dans sa jupe à volants.

Avec son pied elle me pousse et elle se couche sur le carton. Respirer avec Mam', c'est mieux que tout. L'odeur de la terre, de l'essence, les pneus brûlés.

Quand Mam' a bien respiré, elle étouffe d'amour. Elle me prend contre elle.

– Mon fils, ma vie.

Elle m'écrase.

Les camions klaxonnent parce qu'ils voient les cuisses de Mam', sa jupe relevée. Ils voient sa beauté.

Je crois que si je ne bouge pas, rien ne changera. Que Mam' ne s'en ira jamais.

Je crois aussi que quand on aime les gens, ils finissent par nous aimer.

– Foutaise ! elle dit Mam'.

Elle se lève, elle secoue sa jupe, ses cheveux.

– Tu pues !

Je sais. C'est la guenon. À force de dormir avec elle, je prends son odeur.

– Il faudrait voir à te laver.

Je ne réponds pas. Je baisse les yeux. Quand je les relève, Mam' est dans la voiture. Elle dérape des roues arrière sur le gravier.

L'oncle Jo sort sur le devant du chapiteau, derrière lui Sam et Pa'. Mam' les regarde.

Mam' est plus forte que tous les trois.

Avec la voiture, elle fait voler la poussière. Elle contourne le pylône et elle rejoint la route. Les camions lui viennent dessus, dans le rétroviseur. Elle enclenche quand même la marche arrière.

Quand elle arrive à mon niveau, elle baisse la vitre.

– Alors, tu t'arraches ?

Tu parles ! J'attrape le carton et je saute sur le siège.

Cette ville, c'est une très belle ville. Quand on la traverse, on est étonnés.

Nous, on est plutôt dans le haut des quartiers. La mer, on n'y va pas.

Mam' roule vitre ouverte. Ses cheveux volent dans le vent. Elle conduit les doigts enfoncés dans la fourrure du volant. Les sapins d'odeur ne sentent plus rien. Ils restent accrochés au rétroviseur. Ils se balancent.

Quand elle ne peut plus rouler, Mam' prend la voie d'urgence.

Aux grandes tours, elle tourne à droite, elle longe le fleuve. Pas longtemps. Au pont, les voitures bloquent dans les deux sens. Même Mam' ne peut plus avancer.

– Pas une semaine sans !

C'est ce qu'un homme dit en la regardant approcher. Avec sa main, il montre le garçon en équilibre tout en haut du pont.

Mam' secoue la tête. Elle comprend.

Sur les bords de l'eau, il y a des canards, des mouettes. Et puis des bandes de jeunes sous le pont.

Regarder l'eau, c'est regarder le pont, les canards, et puis la ville au fond. C'est sentir l'odeur des égouts.

C'est aussi regarder le garçon.

Les mouettes dans le ciel.

Maintenant, c'est toute la circulation du pont qui est bloquée, les gestes, les respirations.

Les mains de Mam', le regard de l'homme sur ses reins.

L'air, à peine respiré.

– Et encore, la rivière n'est pas gelée !

C'est ce que l'homme dit.

Comme si ça changeait quelque chose.

Le garçon écarte les bras. D'un coup, le ciel devient blanc. Les mouettes disparaissent. Le garçon aussi. Ça se fait très vite, à peine si je l'entends crier.

Après, j'ai un grand silence qui me monte du ventre. Je cherche le garçon dans le ciel. Dans l'eau.

– Aux grands froids, les corps restent des jours, des semaines. Au dégel, l'eau les emporte.

Mam' hausse les épaules.

– Ça ne gèle jamais ici.

Pour la mer, c'est raté, Mam' ne veut plus y aller. Elle dit qu'elle n'a plus le cœur. Elle gare la Mercedes sur le trottoir dans une rue derrière le port.

Elle crache par terre pour montrer qu'elle s'en fiche de gêner. Elle fait des gestes avec les doigts.

– Ils ont qu'à tous crever !

Mam', c'est son truc à elle, la mort, elle tuerait la terre entière si elle pouvait. Moi, je regarde du côté de la mer.

– On peut pas aller voir plus près ? je demande.

– Qu'est-ce que tu veux voir ?

– La mer…

– Fais pas chier ! La mer, c'est une flaque en plus grand ! Et puis t'as l'odeur, faut savoir se contenter.

Faut savoir. Moi, je sais pas. Je tire le cou en arrière. Trop loin le port. Même l'odeur je ne l'ai pas.

Mam' me traîne le long des rues. On entre dans un café. À l'intérieur, ça sent la fumée et le plastique fondu. On choisit une table près de la fenêtre, avec des banquettes en cuir collant. Un poster de la mer est punaisé au mur.

Mam' commande deux hamburgers, du Coca, des frites. Et puis des bougies.

Pendant qu'elle commande, je regarde le poster.

– Combien de bougies vous voulez ? il demande le serveur.

– Je sais pas… Ce que vous avez.

Le serveur hausse les épaules, il revient avec une poignée à moitié brûlées. Mam' les pique sur son hamburger. Elle les fait allumer. Elle souffle. Elle les fait rallumer et elle souffle encore.

– C'est votre anniversaire ? il demande.

Mam' regarde son hamburger et les coulées de cire qui tombent dessus.

– Même pas, elle répond.

De l'autre côté de la table, je me mets à rire. Le serveur hausse les épaules, il reprend son briquet.

Mam' n'a plus faim.

De tout le temps que je mange, elle me regarde.

Elle ne regarde pas le poster. Un moment, je me dis qu'elle m'aime plus que la mer et ça me donne faim.

Je finis mon hamburger et je mange le sien. Je racle la cire et je bois le Coca.

Le serveur nous regarde bizarrement.

– Tu crois qu'il pense qu'on est dingues ?

Mam' secoue la tête.

– Rien à foutre !

Elle sort un bâton de rouge et elle se maquille en regardant son visage dans la vitre. Quand elle a fini, elle fait claquer ses lèvres l'une contre l'autre. Ça fait un petit bruit sec.

– Ça va comme ça ?

Sa bouche, c'est comme de la cerise écrasée.

Je donnerais ma vie pour qu'elle refasse le bruit. Elle ne le refait pas.

– Tu danses ? elle me dit en montrant le fond de la salle.

Danser, je ne sais pas.

Elle se lève.

– T'es comme ton père, t'as pas de fantaisie !

Elle va se coller au juke-box. Trois fois la même chanson et puis d'autres que je ne connais pas. Elle danse devant l'appareil comme quand elle est seule dans la caravane. Après, elle commande une bière. Elle danse en gardant la bouteille à la main. Je la regarde. Mam' est trop belle, même la mer ne peut pas être belle comme ça.

Un homme vient tourner autour de Mam'. Mam' le laisse faire. La peau de sa gorge transpire, la sueur laisse des traces de coulées brillantes sur la poudre. Sur les perles du collier.

L'homme veut toucher les traces, mettre ses mains dedans. Bientôt, c'est avec ses lèvres qu'il veut plonger.

– Sale porc ! elle dit Mam' en lui montrant ses ongles noirs.

L'homme recule, il ne s'en va pas. Il transpire du front et du cou et il s'essuie en regardant le ventre de Mam'.

À la fin, Mam' revient à la table, elle prend son sac.

– On s'arrache ! elle dit.

La chanson n'est pas finie. On sort quand même.

Le serveur nous rattrape à la porte.

– Pas si vite ma petite dame !

Il tend son ticket.

Mam' hausse les épaules. Elle ouvre son sac, fouille dedans.

– Gardez la monnaie, elle dit en riant très fort.

Le serveur ne bouge pas. Sa grosse bouche salive à cause de son dedans en dentier.

– Quoi encore ? elle demande Mam'.

Il montre le sac.

Mam' plonge la main à l'intérieur et elle rend les bougies.

Mam' enroule la corde autour de sa jambe et elle commence à grimper. Quand elle est à deux mètres, elle renverse la tête et elle regarde Pa'.

– Sans filet, les barres, ça peut tuer ! elle dit.

– Pourquoi tu le fais alors ?

– Pour te voir pleurer si je m'écrase.

La corde est lisse. Mam' porte des gants sans doigts. Tout en haut, elle est directement sous la bâche, en pleine chaleur. Dessous, c'est la piste. Même pas du sable. De la terre battue.

Mam' ne regarde jamais dessous. Elle décroche la barre et elle fixe. Elle cherche, au-dedans d'elle, l'endroit sans peur. Après, elle se signe. D'une flexion, elle passe de la corde à la barre et elle se lance. Quand elle est bien pendue, elle donne des coups de rein.

Pa' se couche sur les gradins et il la regarde. C'est son plaisir, Mam' au trapèze, quand elle se lance.

Après, il se lève, il trempe les torches dans le pétrole et il les allume. D'un coup de briquet. Avec la chaleur, l'odeur devient terrible. Il se met au milieu de la piste et il fait voler les torches.

Bientôt, avec le feu, il frôle les câbles. Il frôle les cuisses de Mam'. Ses cheveux. Il fait ça pour rendre Mam' encore plus belle. Le feu. La peur. Quand il a fini, il jette les torches dans le sable et il vient l'attendre au bas de la corde.

– Te fatigue pas, il dit, ce que tu fais c'est à chier.

Mam' le sait.

– Il faudrait avoir un projecteur, elle répond.

– Un projecteur, tu parles ! Comme si ça changerait la donne.

Il la regarde descendre par en dessous dans son maillot en lamelles. Quand elle est à trois nœuds, il lui fourre son visage entre les cuisses, au plus suant du tissu.

– À chier… il murmure.

Il glisse sa main.

– À chier t'entends…

Mam' saute sur le sol.

– T'as autre chose à proposer ?

Il n'a rien.

Il lui attrape les seins, tout le suant du cou. Mam' le repousse.

– On fait la cible, elle dit.

Pa' soupire. Depuis qu'il vide des canettes, il n'est plus sûr de ses mains.

Mam' se met le dos contre la planche, elle écarte les bras. Pa' regarde la planche, l'endroit où il doit toucher. Pas le corps.

– Ne regarde jamais le corps !

C'est ce que son père lui apprenait quand il était encore vivant. Son père était fort. Il pouvait fendre une pomme posée sur la tête de sa femme.

Lui, il ne peut pas. Il a essayé. Il est trop attiré par les yeux. Par le tissu mouillé du maillot.

– Tu as la trouille ? elle demande Mam'.

Pa' ricane. Il attrape ses couteaux, des lames fines. Il essuie les manches avec le pan de sa chemise. Il plante le premier à quelques centimètres du cou de Mam'. Les autres le long du ventre, entre les cuisses.

Quand il a fini, il est inondé.

Il s'approche d'elle et il commence à la frotter.

– J'veux plus faire ça avec toi, il dit.

Il lui murmure des choses à l'oreille, des choses que je n'entends pas. Ils se mettent à rire doucement et ils vont s'enfermer dans la cabine du camion.

Mam' aime les prunes quand elles sont mûres, bien juteuses. Qu'elles lui éclatent dans la bouche. Les jours de chance, j'en trouve du côté des jardins ouvriers. Quand je reviens, j'ai les poches pleines. Je lui donne les meilleures. Ces jours-là, Mam' m'aime. Elle me prend contre elle.

Elle me murmure des je t'aime mon amour, et elle mange toutes les prunes.

Aujourd'hui, ce n'est pas un jour de chance. Les prunes sont vertes, elles font la langue sèche. Impossible de les ramener à Mam'. Je reviens le long du chemin en raclant des pieds. Je fouille dans le fossé. Je cherche les vers de vases sous les pierres des flaques. Des vers larges comme le doigt, avec des anneaux gris. Ils sont durs à attraper, ils font élastique avec la vase. Quand j'en trouve, je les tire et je les regarde se tordre dans le creux de ma main. Ensuite, je les lance dans le ciel, les mouettes me voient faire, elles les gobent en plein vol.

La femme, je la vois, elle attend debout près des camions.

– Vous voulez quoi ? je lui demande quand j'arrive près d'elle.

– Lui montrer les tigres, elle répond en caressant la tête de sa fille. On m'a aussi parlé d'un singe…

– C'est pas un singe, je dis, c'est une guenon.

– Oh ! tu sais moi, singe, guenon, c'est tout du primate à quatre pattes !

Elle ouvre son porte-monnaie.

– Tu peux garder le chien ? Ficky il s'appelle. Tu n'auras pas de souci, c'est un bon chien.

Je prends la laisse, l'argent.

Je me fous l'argent au fond de la poche.

– C'est par là ! je dis en montrant les camions.

Elle soulève son chien et elle l'embrasse.

– Ne le fais pas marcher dans l'eau, il est fragile des poumons.

Je hausse les épaules et je tire le clébard le long du fossé. C'est un animal à poils frisés, une sorte de bâtard idiot qui ne ressemble à aucune espèce spéciale.

La femme a dit une demi-heure. Je marche le long du fossé en direction de la mare. C'est un endroit de vase avec des roseaux puants et le périph' qui passe juste au-dessus. Je jette des pierres dans l'eau et j'en jette sous les voitures.

Je laisse le chien aller dans l'eau.

La femme a raison, c'est une brave bête, de l'argent facile à gagner. Je m'accroupis un moment entre les roseaux. À cet endroit, le fossé se creuse profond, il y a des têtards. Je cherche un peu et puis je rejoins la route. Je contourne le panneau de publicité, le papier est encore mouillé de colle, j'en arrache un morceau et je remonte en direction des tours.

La voiture, c'est une Volvo, un vieux modèle. Elle s'arrête un peu plus loin sur le terre-plein. L'homme me regarde venir dans son rétroviseur. C'est à cause des cailloux que je lance, il a dû en prendre un. Je mets la main dans ma poche et je continue d'avancer.

Quand je suis à la roue, il baisse la vitre, passe la tête.

– Salut gamin !

Une Volvo. Blanche. Bien soignée.

– Il est à toi ? il demande en montrant le chien.

– Et ta mère ! je réponds, méfiant.

L'autre, ça le fait rire.

– Elle va bien, merci.

Il revient au chien.

– Si tu veux le vendre, je suis preneur.

Je m'approche de la voiture. Les sièges sont vides. Une sacoche. Un parapluie.

– Qu'est-ce que c'est l'embrouille ? je demande.

Il sort deux billets de sa poche.

– Preneur. Acheteur. Y a pas d'embrouille.

Je jette un coup d'œil du côté du cirque. La femme est loin dans le creux de terrain, derrière les camions. Même en regardant bien, elle ne peut pas nous voir.

L'homme froisse les billets entre ses doigts.

– Bon alors, qu'est-ce que tu décides ?

Décider, je n'aime pas ça.

– C'est loin la mer ? je demande.

– La mer ?

Il montre la ville.

– Non, de l'autre côté.

– Celui qui me montrera la mer, je lui donnerai ma vie.

Je prends les billets et je fais monter le chien. Sur le siège. Entre la sacoche et le parapluie.

– Si tu en as d'autres, je suis à l'entrée de la ville, l'IRH, tu ne peux pas le rater. C'est une tour.

Il sort une carte.

– Tu demandes David.

Il secoue la tête.

– Pour ta vie, désolé, mais je saurais pas quoi en faire.

Je ne réponds rien, j'ai l'habitude. Je bourre la laisse dans ma poche avec la carte, les billets. Je me cale contre le panneau et je regarde partir la Volvo.

Quand elle a disparu, je regarde encore. Après, je commence à marcher, je racle la boue avec la pointe de mes souliers. Je fais ça sur plusieurs mètres, les mains en poings au fond des poches.

Plus au fond encore, la carte, les billets.

J'avance, les pieds dans les flaques. La mer, j'irai tout seul. Un jour je trouverai le courage.

Mam' dit, le courage, c'est pas ton fort. Je trouverai quand même. En attendant, ma vie, je me la garde. Je m'en servirai pour autre chose, tant pis si je ne sais pas encore quoi.

Je me mets à courir. D'un bond, je passe de l'autre côté, je rejoins le chemin.

Arrivé aux palissades, j'ai de la boue partout. Je fais demi-tour.

Je passe devant l'hôtel. C'est un endroit abandonné, avec les fenêtres murées, des poubelles en tas. Un homme habite à l'intérieur. C'est un mendiant. Le matin, il sort et il va s'asseoir à la cime du pont. Tous les matins. Même quand il pleut. Je le regarde. De loin, il est comme une ombre, un sac oublié.

Je me baisse et je caresse son chat. Je pense à l'autre, le cimenté. Je m'avance jusqu'à la porte. Dans le couloir, il fait sombre. Pour entrer là-dedans, il faudrait du courage, je n'en ai pas. Je reviens sur mes pas.

Quand je passe à côté du panneau, je pense au chien. À la Volvo. Je sors la laisse de ma poche et je la jette loin dans le fossé.

Après, j'arrête de penser.

Quand elle me voit revenir tout seul, la femme se met à hurler.

– Il n'y a rien à répondre, je dis, votre chien, il a tiré comme un malade, il s'est échappé.

– Ficky ? Échappé ?

– Oui, je dis, avec un autre chien.

– Ficky ? Avec un autre chien ?

La femme n'y croit pas.

Mam' dit que quand on ment, il ne faut pas en rajouter. Moi, je rajoute.

– Il m'a arraché le bras, je n'ai rien pu faire !

Je montre mon état. La boue rouge sur le pantalon. Les chaussures.

La fille se met à trembler. Elle est en train de comprendre que quelque chose de grave vient d'arriver, ça lui passe en ondes dans le cerveau. La mère continue de gueuler.

– Ficky… Ficky…

J'explique que j'ai tout fait pour le rattraper, son chien, que c'est un drame de la vie. Qu'il y en a d'autres, des drames, et des bien plus graves que celui-là. Presque je donnerais des exemples si elle me laissait parler.

Elle ne me laisse pas, elle regarde dans la direction des fossés.

Elle veut que je décrive l'autre chien, les jardins et aussi la vitesse à laquelle ils couraient.

Je secoue la tête.

– Une vitesse, ça se décrit pas, je finis par dire.

À un moment, on est tous autour de la fille à la regarder pleurer.

– On va quand même pas faire une histoire pour un clebs ! il lâche Pa'.

D'entendre ça, la femme, ça la secoue. Elle n'a plus de visage. Elle se met le poing dans la bouche pour s'empêcher de crier.

Elle prend sa fille par le bras et elle commence à marcher. Elle remonte le fossé en gueulant le nom du chien.

– Ficky ! Ficky !

Jusqu'aux palissades des jardins. Entre les cabanes, les allées. La fille suit derrière en pleurant.

Bientôt, elles sont tellement loin que je ne les entends plus.

Le soir, quand la nuit tombe, elles y sont encore.

Le lendemain, Sam revient, le coffre plein de cartons.

– Des sardines ! il dit, le ton triomphal.

Il ouvre la portière. Avec la lame de son canif, il fait claquer les agrafes.

– On va faire quoi de tout ça ? il demande l'oncle Jo.

Sam sort une boîte, il me la met sous le nez. C'est une boîte en fer, sans étiquette.

– Touche, ça nous portera bonheur.

La boîte est froide.

Le bonheur, moi, j'imagine ça plutôt chaud, lisse. Je touche quand même.

– Tu les as trouvées où ?

– Quelque part… Une affaire incroyable !

Je n'ai jamais mangé de sardines, je ne sais pas quel goût ça peut avoir.

– Ça fait un sacré paquet de boîtes, il dit Chicot en ouvrant les cartons.

Sam hausse les épaules.

– C'était un lot, j'avais pas le choix, et puis une occase comme ça, ça se loupe pas.

– Ça se loupe pas, il répète Chicot, pensif.

Sam soulève un carton et il le porte jusqu'au camion.

– On en bouffera et celles qu'on bouffera pas, on les vendra.

À sa tête, on voit bien que Chicot n'y croit pas.

– Ça va pas être facile… il dit sans s'énerver.

– Pourquoi ? C'est pas plus idiot que tes beignets.

Chicot hausse les sourcils.

– Ça, c'est des sardines, du salé… Rien à voir.

– Et pourquoi on en foutrait pas dans les beignets ? Il suffit de pas sucrer la pâte !

– Des sardines dans les beignets ?

On se retourne tous vers Mam'.

– J'sais pas, elle dit, il faudrait essayer… Mais pour moi, les beignets, c'est plutôt sucre.

– Le problème, c'est pas le goût, c'est le nombre, dit Pa' en montrant les caisses.

D'un coup, Sam referme le couvercle.

– Faites chier !

– T'en fais pas, il dit l'oncle Jo en lui mettant la main sur l'épaule, on sera bien contents de les avoir tes sardines si un jour on a faim.

Les boîtes sont grasses, poisseuses, c'est moi qui les nettoie. Je m'assois devant les cartons avec un chiffon. Je fais de la buée. Au plus épais, je crache.

Le chiffon prend la graisse. À la fin, je n'en peux plus. Les sardines, je n'avais pas vu ça comme ça. Il y a dix cartons, ça me prend la journée.

Le soir, je ne sais toujours pas quel goût ça a.

Je me mets une boîte dans la poche.

J'attends la nuit. Je monte sur le toit du camion et j'ouvre la boîte. Au couteau. Je n'y vois rien. Je me renverse l'huile sur le pantalon.

L'huile est épaisse comme du beurre fondu. Je coupe un morceau de sardine et je me le pose sur la langue. Le goût est salé, gras. Au milieu, il y a des arêtes, des poils durs comme des aiguilles qui se prennent entre mes dents.

Je n'aime pas ça. Je mange quand même. Quand j'avale, les poils se piquent dans ma gorge. Je descends cracher derrière le camion et j'enterre la boîte au fond d'un trou.

Après, je remonte sur la bâche. J'écoute la mer. Je n'entends rien à cause des camions qui roulent sur le périph'.

J'essaye de parler avec Petit Max mais je ne le trouve pas. Je crois qu'il est fâché à cause de ce que j'ai fait au chien.

Dans toutes les villes où il passe, Pa' se fait des copains. Très vite. Il est fort pour ça.

Ses copains, il les trouve dans les cafés.

– Des copains, tu parles ! elle dit Mam'.

Pa' ne dit jamais quand il revient. Parfois, il rentre, c'est le matin. On le voit revenir, c'est tout.

Parfois on ne le voit pas et il est là.

Pa' joue aux cartes. Il est très fort.

Il parie aussi. Sur tout. Pour ça, il est moins fort. Un jour, il a parié qu'il inviterait Mam' dans un grand restaurant et qu'il partirait sans payer. Ça n'a pas marché. Il a dû vendre la gourmette que Mam' lui avait offerte quand ils se sont connus.

Quand Pa' perd, il est malheureux et il pleure sur les marches devant la caravane de Mam'.

Mam' ne lui ouvre pas. Elle a ses raisons.

Depuis qu'on est là, Pa' est souvent malheureux. Il dit qu'il n'a plus la chance avec lui mais qu'un jour la chance reviendra. Pa' croit au monde meilleur.

Croire, ça ne suffit pas.

Quand il ne joue pas avec ses copains, Pa' est dresseur de tigres. Seul un Pazzati peut faire ça.

Je suis un Pazzati.

Un jour, je rentrerai dans la cage avec les tigres de Pa' et je mettrai ma tête dans la gueule de Bagra.

Un jour.

Mais je ne sais pas quand.

Dans la caravane, ça sent le vernis, la fumée et la sueur. Il faudrait avoir une télé. Mam' en a une mais elle ne capte que la Un. Ça ne suffit pas.

Le match, on l'écoute à la radio, tous serrés autour de la table.

Mam' n'aime pas les matchs, elle reste sur le lit et elle passe son vernis. J'aimerais m'asseoir avec elle, sentir son odeur, souffler sur son vernis pour le faire sécher. Mam' ne veut pas. Elle dit que c'est bien pour moi de rester avec les hommes. Elle dit aussi que le vernis, avec cette chaleur, ça sèche tout seul.

Je la regarde de loin.

Il y a des choses, on a envie de les faire, on ne les fait pas. C'est l'éducation. On se dit qu'on les fera quand on sera grand mais quand on est grand, on n'a plus envie.

À la mi-temps, Jo va chercher des canettes, des paquets de chips. Quand la partie reprend, je suis coincé entre le mur et l'oncle Sam. J'ai le mauvais côté du transistor.

Je fais des petits tas avec les miettes des chips. Cinq, dix, et je les regroupe pour n'en faire plus qu'un. Ça m'occupe les doigts. Avec ma langue, je lèche le sel. À force, ça me donne soif. Je n'ose pas me lever. Au plus chaud du match, Pa' encourage tellement fort qu'on n'entend plus rien du son.

D'un coup, Chicot arrête la radio. Il s'attrape le front avec sa main.

– Et pour cinq, on fera un prix !

C'est ce qu'il dit.

Autour de la table, c'est le silence.

Chicot se lève, il s'appuie des deux mains sur le dossier.

– Une famille de cinq, c'est pas rare ? Le père, la mère et trois gamins.

– C'est pas rare, il répond l'oncle Jo en jetant un coup d'œil du côté du poste.

Maintenant, Chicot il s'en fout du match. Dans sa tête, il voit les beignets, en tonne, ça lui inonde les yeux, une image comme celle-là.

– L'huile, on doit pouvoir la garder trois jours avant de la changer. Peut-être même plus, c'est à voir.

On se regarde tous par en dessous.

Mam', c'est la radio qu'elle regarde. Elle fait un geste avec la main dans le dos de Chicot. Elle me sourit. Ça me fait du bien, le sourire de Mam'.

– Si on a l'appareil, on pourra faire des frites aussi, elle dit pour rigoler.

L'oncle Jo, ça le fige d'entendre ça. Il reste un moment sans bouger et puis il se lève, il prend sa veste, son saxo.

– J'vais m'acheter un transistor ! il dit quand il passe à côté de moi.

Qu'est-ce que je peux répondre à ça ?

– T'as pas de prise, je dis.

– J'mettrai des piles.

Il sort.

L'oncle Sam sort aussi. Et puis Pa'.

Maintenant, à côté de moi, il y a une grande place d'air froid.

– Qu'est-ce qui leur prend ? il demande Chicot.

Il se tourne vers moi. Avec un crayon, il trace des colonnes de chiffres dans son carnet, les entrées, les sorties et tous les bénéfices.

– Cinq, c'est pas du rêve, hein, gamin ?

Je fais non de la tête.

Le rêve, c'est comment faire venir ces familles de cinq jusqu'à nos beignets.

Pa' prend la Mercedes et il s'en va. Quand il revient, il fait presque nuit. Les phares de la voiture éclairent le chapiteau et la cage des tigres.

– Alors fils, il me dit en ouvrant le coffre.

Quand Pa' est heureux, il achète des cadeaux. Des paquets pour moi et des paquets pour Mam'. Des canettes pour les oncles et Chicot.

Ce jour-là, il est tellement heureux qu'il ramène un bac à friture. Une ferraille en tôle rouillée qu'il plante devant les caravanes.

– L'OM a gagné ? il demande.

Il montre à Mam' l'intérieur de son portefeuille, à Mam' seulement, et il lui glisse ses doigts sous le pull.

– On s'en fout de l'OM, pas vrai ?

Il lui laisse prendre ses cadeaux.

Mam' sourit, pour une fois elle est d'accord avec lui. Elle renverse la tête. De sentir les cadeaux de Pa', le dessus de ses lèvres se mouille de sueur.

– Tu es la meilleure chose qui me soit arrivée, il dit Pa' en lui embrassant les lèvres.

Moi, la meilleure chose qui me soit arrivée, c'est ma guenon. Dès que j'ouvre le fourgon, elle est contre mes jambes. Je lui caresse le ventre, l'intérieur des mains. Après, je me roule avec elle sur la bâche.

Je lui prends la tête, je lui regarde le fond des yeux et je vois son vivant.

Quand je veux la lâcher, je ne peux pas. Elle reste collée.

Pa' et Mam' sont devant, dans la cabine. Je les entends. Je me fourre la figure dans les poils de la guenon. Bouche ouverte. Cœur contre cœur.

Je me fais entrer sa vie dedans.

Petit Max, c'est ma voix de l'intérieur. La voix que les morts utilisent entre eux pour ne pas être entendus des vivants.

Une voix sans mot.

Un jour, Petit Max s'en ira. Il reste parce qu'il a pitié. Mam' dit que la pitié c'est la pire chose qu'on puisse donner à un homme.

Je ne suis pas un homme.

Si Petit Max s'en va, je vais crever.

Mam' dit qu'on ne crève pas comme ça. Je sais. On crève en se jetant des ponts quand les fleuves sont gelés.

On crève quand on est un oiseau et que les chasseurs nous tirent dessus.

On crève aussi quand on ne peut plus aimer.

De penser à ça, je me mets à trembler.

Je lâche la guenon et je me colle le visage à la vitre. Je vois le volant, le pare-brise.

Si je baisse les yeux, je vais voir Mam'. Je sais. C'est pour ça, je fixe droit devant, la nuit, les lumières. J'ai les yeux qui brûlent. Je tiens le plus longtemps que je peux.

J'entends les bruits de Mam'.

Le saxo de l'oncle Jo.

J'imagine le bout de la plage, l'océan. Presque j'entends les vagues. Quand j'entends Mam' crier, je m'écrase les ongles contre la tôle. Ma vie, personne en voudra jamais. D'un coup, de comprendre ça, je baisse les yeux. Je vois les cuisses de Mam'.

Mam' accrochée à Pa', à ses reins. Les cuisses écartées, le visage de Pa' qui regarde en plein dedans.

Et le doigt de Pa' qui dessine sur les cuisses de Mam' des fleurs de sang.

J'attends que le mendiant soit à la cime du pont. Quand il est assis, je traverse le camp et je vais tourner autour de l'hôtel. L'air de rien, je fouille sur le devant, dans le tas de poubelles. Je regarde dans l'entrée. Dans le couloir, il fait sombre, ça sent la poussière, le moisi. J'attends que mes yeux s'habituent. Avec les mains je touche les côtés. C'est mouillé, gras. J'avance en laissant traîner mes doigts contre le mur.

Par terre, il y a du gravier, du plâtre, des papiers. Je sens tout ça quand je pose le pied. J'imagine des choses crevées. Des pattes. Des os. J'écrase. À un moment, il fait tellement noir que je n'ose plus bouger. Je cherche du courage au fond de mes poches, quelque chose à toucher. Il n'y a rien. Je m'empoigne la Zig et je continue d'avancer.

Le couloir finit par s'élargir. Au bout, il y a de la lumière, une montée d'escaliers, vingt marches avec des piliers en têtes de monstres sculptés. Des portes tout en haut. Un grand lustre éteint.

L'ombre du grand lustre contre le mur.

Je ne monte pas.

Même m'asseoir sur les marches je ne peux pas. Je regarde autour, toutes les moisissures, la poussière accumulée. Le silence.

Mam' a raison, le courage, ce n'est pas mon fort.

Je me cale contre le mur et je m'oblige à compter. À trente, je partirai.

Trente, ce n'est pas assez.

Cent.

À dix, la peur m'envahit. Je me mets à trembler. Je m'écrase la bouche contre la main et je continue de compter. Avec ma voix de l'intérieur. Une voix qui résonne rauque dans ma gorge.

Je me fais peur tout seul. J'ai toujours fait ça. Je suis un Pazzati. Un jour, je rentrerai dans la cage des tigres et je mettrai ma tête dans la gueule de Bagra.

D'y penser, j'arrête de compter.

Je relève la tête.

Je pense au chat. Le chat mort dans le ciment. Sa vie enfermée. Devenue pierre animal.

À cent je partirai, pas avant.

Je suis à cinquante quand j'entends la poutre craquer. Ce n'est pas une poutre, c'est le plancher. Un bruit de pas.

Je regarde dans l'ombre l'autre ombre qui s'approche. J'entends le raclement des souliers.

Pa' dit toujours, mourir oui, mais pas se laisser tuer.

Les pas se rapprochent. J'arrête de respirer. Le mendiant, je ne le vois pas mais je sais qu'il est là. Je le sens. Il pue la poussière et le tabac. La pisse des vieux.

Si je me laisse tuer, Pa' ne m'enterrera pas. Il me donnera à bouffer à ses tigres. Je sais cela. Un jour, Pa' me l'a dit. Les dents des tigres, c'est comme des lames. Ça te déchire comme un rien. D'un coup, je vois les dents, les gueules. Je ferme les yeux, j'avale un grand coup d'air et je fonce. Tête baissée. Quand j'arrive dans le couloir, j'ai de la force. J'entends le cri. Je sens le choc. Une main qui cherche à me retenir. Un bras.

Je ne m'arrête pas.

Je cours.

Quand je me retrouve dehors, je cours encore. Je suis en vie.

Après ça, je ne retourne plus à l'hôtel. Je traîne. Quand j'en ai marre de traîner, je jongle avec les quilles. Deux, et puis trois. Quatre, c'est trop difficile et puis il fait chaud. Avec Mam', on transpire. On a la peau qui colle.

J'ai envie de glace. Je me mets à penser à ça et je rate toutes les quilles.

– Essaie avec les anneaux, elle dit Mam'.

Je n'ai pas envie.

J'essaie quand même.

Avant, il y avait du sable sur la piste. Un grand tapis rouge. Je suis né sur le tapis. C'est Mam' qui me l'a dit. Après, le tapis a pourri.

– Plus haut tes anneaux !

Chicot ne jongle pas mais il a tellement vu jongler qu'il sait tout sur la façon de lancer.

Chicot est clown. Un auguste. Son costume, il le range dans une valise sous son lit. Personne n'a le droit d'y toucher.

– Tu lances en sagouin ! il me dit.

Pa', il peut lancer les yeux fermés.

Je ne suis pas Pa'.

Je ne serai jamais Pa'. Lui, quand il jongle, on dirait qu'il est magicien. Il ne touche pas les anneaux.

Pa' dit qu'il est né avec des quilles dans son berceau. Moi, je ne sais pas avec quoi je suis né. Peut-être avec rien.

– Compte les tours ! il me dit Chicot en descendant des gradins.

Je compte mais c'est mes mains qui ne suivent pas.

Quand j'entends le bruit de la moto, je bloque les anneaux. Avec Chicot, on se regarde et on regarde du côté du rideau. Personne ne vient jamais chez nous.

Ou alors pour des ennuis.

On s'avance.

On est dehors en même temps que la moto. L'homme qui est dessus porte un blouson de cuir avec un aigle clouté. Des bottes. Un casque noir.

– Je cherche un mec, il dit, un de chez vous.

Chicot s'approche. L'oncle Jo. Sam.

– On est tous là, il dit.

Le type secoue la tête. Il regarde du côté des caravanes, des rideaux tirés.

Nous, on sait bien qu'il manque Pa'.

Lui aussi il doit le savoir parce qu'il fait un drôle de sourire sous son casque.

– Je repasserai demain, ça serait bien qu'il soit là.

Avec le pied, il appuie sur l'accélérateur pour faire fumer le moteur.

– Demain en début d'après-midi.

Il fait tourner sa roue dans le sable.

– Bien pour tout le monde, il finit par dire.

Il regarde mes mains. Les anneaux.

– Trois, c'est pas suffisant, il dit. Il en faut quatre.

Quatre, je ne peux pas. Je ne saurai jamais. Je n'ai pas les bras assez solides.

De croiser ses yeux, j'ai les anneaux qui tremblent.

Avec le plat de sa main, il baisse sa visière. Je me vois dedans. Je vois le cirque. Les caravanes. Il enclenche une vitesse. Il fait le tour du chapiteau en roulant dans la poussière. Ensuite, il contourne le pylône et il reprend la bretelle du périph' en direction de la ville.

– Sale type ! dit Chicot quand il a disparu.

Chicot cogne du poing contre la caravane.

– Tu peux sortir !

Pa', même quand il a des ennuis, il ne le montre pas. Il s'assoit tranquillement sur les marches. Avec la pointe de son couteau, il gratte sous ses ongles pour enlever la terre. Quand il a fini de gratter, il frotte la lame sur son pantalon.

– Tu nous expliques, il demande Chicot.

– J'lui dois du pognon, rien d'grave.

– Combien ? demande Chicot.

– Quoi combien ?

– Combien tu lui dois ?

Pa' fait un geste avec la main.

– Beaucoup.

Son couteau, c'est une lame avec cran d'arrêt. Un bon couteau de marin avec le manche en os.

– C'est combien, beaucoup ?

– Beaucoup, c'est beaucoup.

– C'était joué dans les règles ?

Pa' fait une grimace.

– Ouais…

– Alors tu payes, dit Chicot, et tu discutes pas !

Pa' a un drôle de rire.

– Je paye pas.

– Comment ça tu payes pas ?

– Je peux pas.

– Tu te débrouilles, c'est quand même pas la première fois !

– Peut-être mais là, c'est gros. Faut qu'je me refasse… et pour m'refaire, j'ai besoin de fric…

Chicot commence à s'énerver.

– Et du fric, t'en as pas !

– Exact.

– Il a dit qu'il revenait demain.

– Je sais, j'suis pas sourd !

Pa' se lève.

– Où tu vas ? elle demande Mam'.

– Si on t'demandes, tu dis que t'en sais rien !

Pa' marche jusqu'à la voiture.

Pa' est déjà allé en prison.

Mam' dit qu'un jour il y retournera et qu'il n'en sortira plus. Elle dit aussi qu'on apprendra sa mort en lisant dans le journal et qu'on fera une grande fête pour arroser ça.

L'après-midi, je remplis une bassine d'eau et je me trempe les pieds dedans. Du périph', les gens me regardent. Les femmes surtout. Les enfants. Ils m'observent en baissant la vitre. Ils me montrent du doigt. Je les montre aussi. Les pieds dans la bassine. Les pantalons relevés jusqu'aux mollets.

Je leur fais des gestes avec les doigts pour qu'ils aient honte d'être vivants.

Je ne sais pas où ils vont. Peut-être dans les grands magasins à la sortie de la ville. Ou dans une autre ville, plus loin.

Quand l'eau se réchauffe, je prends la bassine et je la vide sur les fleurs.

Après, avec Chicot, on va à l'abattoir chercher la viande pour les tigres.

Des tigres, il nous en reste deux. On les nourrit tous les jours sauf le lundi. Pa' appelle ça l'horloge biologique. Il dit que si on ne la respecte pas, les tigres peuvent crever. Les tigres de Pa' ne sont jamais allés dans la savane mais ils ont la mémoire de ce temps. Le lundi, ils ne réclament pas. Le reste des jours, c'est huit kilos.

Dans la voiture, tout est brûlant, les vitres, les sièges, l'air. J'ai le tissu de la chemise qui colle. Je passe la tête par la fenêtre et je gobe la chaleur.

La Mercedes rouille du plancher. Je pousse le tapis, je vois la route par-dessous. Le goudron. Quand je descends, je marche dedans. Le goudron passe par les trous de mes semelles, il colle à la peau. Je m'assois sur une pierre et je gratte avec un bâton.

Il y a deux bouchers avant nous. J'ai le temps de gratter au sang.

Après, avec Chicot, on se met contre les roues et on attend. On ne discute avec personne. L'abattoir, c'est un bâtiment en briques avec deux grandes tours, une cheminée. Chicot m'explique qu'autrefois on a brûlé des Roms dans un endroit comme celui-là. Des Roms et d'autres hommes.

Des vieux. Des enfants.

C'est pour se protéger de ça qu'on a cimenté le chat.

De ça mais pas seulement. De toutes les mauvaises choses qui nous guettent quand on est rom.

Quand c'est notre tour, on prend les bassines et on charge la viande.

L'homme nous fait un papier pour qu'on ait le droit de circuler. Il pue la mort. Des doigts. De la blouse. Je fais tout pour ne pas le respirer. Je respire quand même.

Après, dans la voiture, c'est le papier qui pue.

Pour revenir, on longe les bords du fleuve. Pas longtemps. Le fleuve, il suffirait de le suivre pour trouver la mer.

Un jour, je le suivrai.

Je prendrai le bord de l'eau et je descendrai le courant.

Un jour.

En attendant, avec Chicot, on est en plein sur le périph' avec les voitures qui nous serrent.

Je tends la main par la vitre, j'écarte les doigts. Quand on arrive en haut du pont, on roule pare-chocs contre pare-chocs. Du fleuve, il me reste le souvenir.

En tournant aux feux, je vois le terrain tout en bas, le cirque, les camions, la bâche du chapiteau.

Le mendiant est assis sur son bout de trottoir. On lui passe à côté. Je n'ai pas de pièces, juste des billets. Quand j'aurai assez de billets, je prendrai un taxi et j'irai voir la mer.

Je ferai ça comme un prince.

Après, je reviendrai voir le mendiant et je lui donnerai la monnaie.

Un jour.

De penser à ça, je suis heureux.

Je me renverse la tête à la portière et j'avale l'air à pleins poumons.

La moto, je ne la vois pas arriver mais soudain, elle est là, elle remonte la file par la droite. Avec le gars dessus. Le blouson. En passant, il me rase la tête de son rétroviseur.

– Nom de Dieu, dit Chicot, et il s'écrase la main sur le klaxon pour faire avancer.

Devant, ça bloque. Derrière aussi.

La moto nous dépasse. Elle est loin, elle nous a cloués. Je m'arrache la tête pour regarder en bas, du côté du camp.

Quand on arrive, la moto est devant les caravanes.

– Qu'est-ce qui se passe ? demande Chicot en faisant claquer la portière.

Le type se retourne.

D'un coup, le soleil éclate sur la visière de son casque. Dans le miroir du rétroviseur.

– On discute, il dit.

Il montre, tout en haut, les voitures, le périph'.

– J'suis pas tout seul.

Je regarde. Je ne vois rien.

– T'as deux jours, il dit en se retournant vers Pa'.

Pa', il danse d'un pied sur l'autre. Sam et l'oncle Jo restent à côté de lui.

– Deux jours ? J'pourrai pas, il répond Pa'. Il me faut la semaine.

L'autre se met à rigoler salement.

– Tu pourras.

Pa' sort les mains de ses poches, il allume une cigarette. Il fait l'air de rien mais je le vois qui transpire.

– Et si je peux pas ? il demande.

L'autre ne répond rien mais ce qu'il met dans son silence, c'est pire que des menaces.

Je le sens.

Pa' doit bien le sentir aussi.

L'oncle Jo s'approche de la moto. Lui, c'est un calme, un vrai. Il tient son saxo d'une main. Avec l'autre, il enlève la poussière sur le rebord du rétroviseur.

– Si tu le descends, tu perds toutes tes chances de revoir ton fric, ça s'réfléchit non ?

L'homme penche la tête. Avec son pied, il passe une vitesse et il reste un moment à regarder le bout de sa botte.

– Ça s'réfléchit.

Sur le même ton.

Il lui vient alors un sourire encore plus terrible que le premier. Il regarde Jo bien en face et puis il dit :

– Tu as bien fait de dire ça, toi.

En passant, il donne une petite tape sur la joue de Pa'. Le geste, ça fait un silence de plomb sur le camp.

– Il a bien parlé, le musicien.

Après, il se tourne vers moi.

– Et toi, le môme, c'est comment ton nom ?

Pa', il pourrait le planter s'il voulait. Il lui suffirait d'un geste, comme avec le chat. L'homme ne saurait même pas d'où ça lui vient. Mais Pa', il ne plante pas comme ça. Il lui faut l'homme de face. Les yeux.

– Alors, c'est quoi ton nom ?

– Dan… je réponds.

– Dan, c'est un drôle de nom… Dis-moi, y sont où tes cerceaux ?

– C'est pas des cerceaux, je dis, c'est des anneaux !

Je n'aurais pas dû. L'autre, il grince sous son casque.

– C'est ça, fais le malin…

Il enlève ses gants, l'un après l'autre, il les pose sur son phare, entre les guidons.

Tant qu'il ne bouge pas, je me vois dans le casque.

Quand il bouge, je ne me vois plus.

– Va chercher tes anneaux, il dit.

La peur me déborde dans le dos en grandes transpirées. Pa' se met en travers.

– Tu touches pas à mon gosse.

L'homme ricane mauvais.

– Tu veux ta semaine ou pas ?

Il a une voix froide, un sourire qui lui découvre les dents.

Pa', d'entendre ça, il devient plus rien. Il me fixe, il fixe les yeux de l'homme. Il hésite et il recule.

Il me laisse tout seul.

Je vais chercher les anneaux.

Je ne sais pas comment. Quand je passe devant la grille, je regarde le chat. Ses yeux de ciment. Je lui prends sa force.

Je reviens, j'ai les mains qui traînent à terre. Jongler, je n'y arrive pas, même en temps normal. Ce n'est pas un temps normal. Je cherche les yeux de Chicot. De Mam'. Quelque chose pour m'aider.

– Allez, jongle ! il dit l'homme.

Les anneaux sont lourds. Mes bras trop longs.

Je fais non avec la tête.

L'homme sort son revolver.

– Tu ne veux pas ? Je t'aurai prévenu.

Je ferme les yeux. J'entends le bruit de la détonation et tout de suite après, le cri de Mam'. Quand j'ouvre les yeux, je vois la roue du camion qui se dégonfle, tout le côté qui commence à pencher.

– Tu sais combien ça coûte un pneu comme celui-là ? il demande.

Je sais.

– Alors, tu jongles ou j'en éclate un autre.

J'avale ma salive, j'attrape les anneaux et je commence à lancer. Deux et puis trois. Je lève la tête. Quatre, je ne peux pas.

Je regarde l'homme. Je fais non. Trois, c'est déjà bien. Il n'a qu'à regarder mes mains. Des mains de pucelle, sans muscle ni rien. On ne peut pas jongler avec ça. Et puis je n'ai pas le mental. Mam' le dit, le mental c'est ce qu'on a derrière les yeux quand on est un gagnant.

Quand il crève l'autre pneu, le mental revient. Je ramasse le quatrième anneau et je l'envoie voler avec les autres. Je compte et je rattrape. Je renvoie. Les anneaux se frôlent au-dessus de ma tête. Le quatrième, le plus beau, il donne la cadence. Bientôt, je n'ai plus besoin de compter, ça vole tout seul.

L'homme range son revolver.

– Eh bien tu vois ! il finit par dire.

Il se retourne vers Pa'.

– Ton môme, il t'a gagné ta semaine. Tu peux le remercier.

D'entendre ça, les lèvres de Pa' deviennent blanches. Il se tourne vers moi. Il me regarde.

Je voudrais baisser les yeux, je ne peux pas.

Je fixe l'ombre de l'homme. Le casque. La lumière tout autour qui écrase le camp.

Je fixe le visage de Pa'.

Pa', ça lui fait des yeux de tueur de me devoir ça. Il ne dit rien mais entre lui et moi, maintenant, il y a le quatrième anneau.

Le soir, avec Sam, on donne à manger aux tigres. Un seau chacun. Les bassines, ça fait trois jours. Sam donne la viande directement à la main. À force d'empoigner, il garde du sang sous les ongles. Le sang finit par sécher.

– Qu'est-ce qu'il va faire Pa' ? je demande en lavant les seaux.

– Qu'est-ce que tu veux qu'il fasse ? Se barrer pardi !

Sam, il doit voir ma tête parce que d'un coup, il lâche le seau.

– Te bile pas, ton père, il a fait des coups pendables et il s'en est toujours sorti.

Je me bile pas, je m'interroge, c'est tout.

– Il a dit qu'il allait se refaire.

Sam hausse les épaules.

– Il a dit, ouais…

– Il doit beaucoup ?

– Un paquet.

Je sors les billets de ma poche. Les billets du chien.

– T'as pris ça où ? il demande.

Je hausse les épaules sans répondre.

– De toute façon, ça suffira pas, Dan, un paquet c'est un paquet, tu vois c'que j'veux dire ?

Non, je ne vois pas. Je prends l'argent, je le remets au fond de ma poche et je vais ranger les seaux.

Après ça, je repasse à l'hôtel et je fouille dans les ordures. Je trouve un masque. À l'intérieur, le plastique est chaud, ça pue le fondu. Je brasse dessous, dans le carton mouillé. Je trouve des billes, une montre avec le cadran cassé. Je n'ai jamais eu de montre. Quand j'en ai marre de fouiller, je m'assois sur le mur et je regarde le cirque. Je ne me lasse pas. Le chat vient se frotter contre mes jambes. C'est un chat gris avec des plaques de poils arrachés. Dès que je le touche, il ronronne. Il a deux tiques derrière l'oreille, deux boules grises piquées dans le gras du cou. Gorgées de sang. Je le caresse quand même. Après, je me dis qu'il peut en crever. J'approche les doigts. J'écarte les poils. J'attrape une tique et je la coince. Quand je la tiens, je tire. J'entends craquer. Je tire plus fort et je l'arrache. Je la jette par terre et je l'écrase avec une pierre.

L'autre est énorme, elle me roule sous les doigts. Je n'arrive pas à la décrocher. Je détache une épine du rosier et je l'enfonce. La tique éclate. Le sang gicle sur mon pantalon.

Je m'essuie la main dans l'herbe et je crache dedans pour me laver.

Après, je m'assois sur les marches.

Ici, c'est nulle part. Ce n'est pas le camp et ce n'est pas la ville. C'est un endroit où personne ne vient jamais.

Je regarde le périph'. Les voitures. Les camions. Le mendiant au soleil, tout en haut sur le goudron. Quand ça bloque, les conducteurs ont pitié. Ils lui donnent de la monnaie. C'est pour ça qu'il se met là-bas. Là-bas et nulle part ailleurs.

La pitié, ça tue les hommes, c'est Mam' qui le dit.

Je me cale le dos au mur. Le chat vient se rouler en boule sur mes genoux et il me lèche la main. Après, il ferme les yeux.

On finit par s'endormir tous les deux.

C'est le bruit qui me réveille. Je pousse le chat et j'écoute. Le bruit recommence, comme un raclement. Ça vient du couloir. Au plus sombre. Je me lève et je m'approche.

Tapie dans l'ombre, il y a une fille. Énorme. Toute petite.

Chez les Pazzati, on est tous maigres. C'est de famille. Elle, c'est le contraire d'une Pazzati.

Je la regarde.

Ses jambes, je ne peux pas en détacher mes yeux à cause du corps qu'il y a dessus. Elle me montre les marches, le soleil. Elle parle en gardant la moitié des mots dans la bouche.

– La po'io, elle dit en souriant.

– La quoi ?

– La polio. Une 'outue ma'adie !

Elle tourne avec sa langue pour faire ses mots. Quand elle rate, elle recommence.

– Et… ça dure longtemps ?

– La 'olio ?

Elle se met à rire et je me dis que ça ne doit pas être si grave que ça.

Quand elle s'arrête, elle dit :

– 'oute la vie.

À partir de là, je la regarde autrement.

J'attrape sa main et je l'aide à descendre. Ses doigts sont boudinés, comme du plastique. Son pied se soulève du sol. Son ventre.

– Tu es muette aussi ?

– 'on.

Quand j'arrive en bas, sa main me colle à cause de la sueur.

– 'oi, 'est Zaza.

Je laisse sa main. Je la reprends.

– C'est mou… je dis.

Je la serre un peu plus fort.

– 'oi, 'u es un Pazza'i, elle dit en appuyant son doigt sur mon épaule.

– Comment tu sais ?

– 'ai 'u 'os affiches.

Elle tire sur la poche de sa veste, sort une paire de jumelles.

– 'ega'de.

Je me colle les yeux dessus. Au début, je vois flou, le périph', les tours, la ville. Après, je vois la main de Zaza.

– Y faut ‘égler.

Maintenant, le périph’ est net, le pont. Je vois les camions, le chapiteau. Mam’ sur le devant, qui marche sur le câble.

– ‘est ta mère ? elle demande.

– Oui.

– ... belle.

Je regarde la ville, les grandes tours. Le mendiant, je le vois comme à côté.

– Et lui c’est ton père ? je demande.

Elle fait non avec la tête.

– Ton père, il est où ?

Elle hausse les épaules.

Elle s’assoit au soleil. Sa peau est blanche, couverte de taches de son.

Elle ferme les yeux. Ça dure tellement longtemps que je crois qu’elle dort.

Je pose les lunettes sur les marches et je m’approche. Je me penche. Zaza, elle sent le journal sec, le champignon. La peau de ses yeux, je vois à travers. Les paupières. Les petites veines, sauf que chez elle, on dirait qu’il n’y a pas de sang. Je la regarde. Je ne sais pas si elle dort. De près, on dirait un hérisson. Je m’approche encore.

Brusquement elle ouvre grands les yeux. Je me recule. Trop tard. Dedans, c'est bleu.

Bleu partout. Inondé.

Je peux pas me sortir de là. Je sens l'eau du bonheur me couler à l'intérieur. Je me pisse dessus.

Je pars en courant. Arrivé au camp, j'enlève mon pantalon et je le mets sécher au soleil.

L'homme à la moto ne revient pas mais le soir, j'entends Pa' qui s'engueule avec Chicot à cause de lui.

Une dispute terrible.

Leurs mots, ça me laisse cloué contre la tôle de la caravane. Quand il me voit, l'oncle Jo vient me chercher, il me donne du pain avec un gros morceau de saucisse.

Même ça, je n'arrive pas à avaler.

– Ça va s'arranger, il me dit l'oncle Jo.

Il prend son saxo et il commence à jouer. Ce qu'il joue, c'est tellement beau que ça passe sur les insultes. J'enlève mes chaussures. J'enfonce mes pieds dans la terre. Je finis roulé en boule contre la roue. Quand la nuit tombe, je suis encore là, avec les lumières de la ville, les phares des voitures. Les étoiles.

Et l'oncle Jo qui joue.

Sa musique, on dirait qu'elle coule du ciel, qu'elle me tombe dessus comme un grand chant donné au monde. J'en tremble. Je me sens vibrer du dedans comme les jours d'orage quand je me couche le ventre contre la terre.

Bientôt, de l'oncle Jo, je ne vois plus que l'ombre.

Quand il s'approche de moi, je ne respire plus. L'oncle Jo sait cela. Il ne reste pas longtemps. Il s'éloigne, il me laisse me reprendre. Et puis il revient. Presque à genoux. Il est comme ça l'oncle Jo. Il joue, avec son dedans d'âme et ses yeux brûlants. Il me fait entrer sa musique dans le sang, comme une grande peine, un grand bonheur. Les deux mélangés.

Ça me fait mal.

Quelquefois, il faut être mal pour être bien.

Il me donne sa musique pour me guérir des colères de Pa'. Il ne me guérit pas. Quand il arrête de jouer, je reste contre la roue. Incapable de bouger. Je reste longtemps.

Après, j'entends parler. C'est Pa'. Il est tout seul, contre la grille du chat. Agrippé. Les doigts pris dans les barreaux. Avec la lune, je vois son visage, ses mains accrochées. C'est interdit d'écouter. À cause des mots, du langage sorcier. Je rampe entre les roues et j'écoute quand même. Les mots de Pa' me raclent comme la voix de Petit Max dans mon ventre. Je ne les comprends pas mais je les entends. Je voudrais les retenir, les apprendre pour me les réciter la nuit quand j'ai peur.

Depuis le quatrième anneau, Pa' dit que je l'ai trahi dans sa fierté. Il ne jongle plus. Il dit que je suis un fils maudit.

Il dit aussi que c'est contre nature, un père qui doit quelque chose à son fils.

Quand il est trop en colère contre moi, il vide des canettes et il s'entraîne à tirer sur les boîtes au fond du terrain.

Des boîtes vides, il en a de plus en plus. Il fait ça la nuit, dans les phares des voitures.

Il devient très fort au revolver.

Un matin, les policiers s'arrêtent, on croit tous que c'est pour Pa' mais c'est pour le pylône.

Ils disent que pour les fils, c'est sans danger, que l'électricité ne passe plus.

Qu'ils viendront l'enlever.

– On ne vous oublie pas, il dit le plus vieux.

Il regarde le chapiteau, les caravanes.

– Vous comptez rester longtemps ?

– Tant qu'on sera pas dégagés.

Il se tourne vers le périph'. Montre les tours.

– Comment ça se passe ici, la nuit ?

– Entre trois et quatre, c'est assez calme, il répond Sam en se forçant à rire.

Après, le policier me pointe du doigt.

– Le gamin, il faut qu'il aille à l'école.

Il dit ça gentiment. Moi, la gentillesse, ça me donne envie de m'effondrer. Je sens les larmes, quelque chose de mouillé qui me coule dans la gorge, me donne envie de cracher.

– Y a pas école l'été, il répond Pa'.

Les policiers, ils savent qui on est. Ils ne veulent pas d'ennuis.

Mam' dit qu'on est un clan et qu'il ne faut pas se laisser apitoyer. Jamais.

Ce que Mam' dit, c'est la source de ma vie.

Je baisse la tête. Je me cale le dos contre la caravane et je les regarde par en dessous.

Ce que je pense de plus mauvais, je me le fais descendre dans les yeux et j'attends que ça sorte.

Je deviens pire que Pa'.

Quand ça sort, les policiers reculent.

– Après tout, ils disent, vous faites comme vous voulez.

Quand elle voit les motos, Mam' m'attrape par le bras et elle me tire dans la caravane.

– Toi, tu bouges pas de là !

Je ne bouge pas. Je regarde par la fenêtre sans toucher le rideau. Les motos descendent par le chemin, elles s'approchent du camp. Pa', il sait tirer sur les canettes, il sait aussi s'évader de prison. S'il voulait, avec son revolver, il pourrait les descendre tous.

Il ne les descend pas. Il sort de la cage et il les laisse ralentir. L'homme, c'est celui de la dernière fois. Quand il lève sa visière, je vois ses yeux, ses fentes de tueur.

Il dit quelque chose et Pa' écarte les bras comme s'il ne comprenait pas. L'autre continue de parler. À un moment, Pa' s'énerve.

– Va baiser ta mère ! il gueule.

L'homme, sous son casque, ça ne lui fait même pas trembler le sourire.

– Ma mère, je la baise pas, mais toi tu vas baiser la tienne et par les deux côtés si tu me rends pas mon fric.

Ils se disent d'autres choses que je n'entends pas. Ce ne sont pas des choses bonnes pour Pa'.

Avant de partir, les motos tournent plusieurs fois autour du camp en faisant fumer les moteurs.

Pa', il est fort au poker, il est fort au revolver. Il est fort pour aimer Mam'. Mais quand les motos s'en vont, il n'est plus fort pour rien. Il s'assoit sur la pierre et il regarde l'intérieur de ses mains.

Moi, dans mon sang, j'ai du sang de Mam'. Du sang qui tremble. Je n'y peux rien. Je ne rentrerai jamais dans la cage des tigres. D'un coup c'est dans ma tête, comme une grande vérité. Il y a des choses, on les porte au-dedans de soi et à un moment, elles sont là. Si Pa' apprend ça, il me tue. De comprendre, je m'agrippe au rideau et je me mets à trembler.

– Tremble pas, elle dit Mam', ils sont partis.

Je ne tremble pas. Je me bourre un coin du rideau dans la bouche et je le suce.

Petit Max a raison.

Petit Max n'a pas de corps mais il voit plus loin que moi. Il comprend plus loin aussi. Moi, j'ai des jambes mais elles ne sont pas épaisses. Je ne sais pas si c'est mieux que rien.

Petit Max, il ne pèse rien. C'est lui qui aurait dû vivre. Sûr, j'aurais été mieux dedans, sans personne pour me regarder.

J'aurais préféré ça pour ma vie.

L'homme à la moto, j'en rêve. Des jours et des jours, mais peut-être pas à cause du temps qui est plus long quand on a peur.

Des jours aussi, Pa' vide des canettes et il leur tire dessus. Il tire aussi sur les rats qui sortent des fossés. Des gros rats de lune. La nuit, j'entends couiner.

Mam' reste dans la caravane. Elle ne sort plus. Elle regarde la télé, les feuilletons et puis le Loft Story quand elle le capte.

Depuis les ennuis de Pa', elle est comme ça.

Elle mange des pâtes. Directement dans la casserole. En fixant l'écran. Des pâtes à l'eau, sans sauce ni beurre. À force, elle se dégoûte et puis elle dépasse le dégoût.

– J'ai faim, je lui dis.

Elle ne répond pas.

– J'ai faim, Mam'.

Elle pousse la casserole devant moi. Sur l'écran, les images défilent. Les pâtes sont froides. Je les fais réchauffer mais elles collent. Le beurre est chez Sam, il faudrait aller le chercher. Je mange comme ça. J'ai tellement faim, je racle le fond.

Mam' ne me dit rien.

Quand j'ai fini, je la regarde.

Je laisse la casserole sur la table et je sors.

Dehors, il commence à pleuvoir. Une pluie chaude qui mouille un peu la terre. Je monte dans le fourgon et j'écoute la pluie. Par les trous de la bâche, je vois la route, le chapiteau et la caravane de Chicot. Je passe le doigt. Doucement j'agrandis le trou.

Les lettres d'or « Cirque Pazzati » écrites en gros.

Les Pazzati, c'est nous, Pa', Chicot, les deux oncles.

Mam' n'est pas une Pazzati.

Dans ma tête, j'ai la liste.

La liste est courte. L'oncle Sam dit qu'il reste une vieille quelque part dans la banlieue de Paris mais il ne sait pas si elle vit encore.

Je me récite la liste.

Après, je suis bien obligé de repenser au type et aux paroles qu'il a dites en parlant à Pa'.

Le vent souffle depuis trois jours, Chicot dit que s'il ne cale pas, il soufflera trois autres jours encore. À cause de ça, les mouettes remontent à l'intérieur des terres. Le chiffre 3, il me racle la gorge. Je me cale contre la roue et je le compte en jours de vent. 3, 6, 9, 12…

Quand j'arrive à 3333, je suis heureux.

Je parle à Petit Max.

Je mets mes mains au fond de mes poches et je trouve les croûtes de fromage, les peaux de saucisses. Tout ce que je garde quand je pense au chat.

Je traverse le camp et je remonte vers l'hôtel. Le chat, je n'ai pas à l'appeler. Il est là, sur le mur devant l'entrée. Les peaux, il les renifle, il ne les mange pas. Chicot le dit, les peaux de saucisses, maintenant, c'est du plastique.

Je m'assois sur la marche à côté du chat.

Zaza, elle arrive comme la dernière fois, en traînant des semelles dans le couloir.

– Salut ! je dis.

Elle se baisse pour caresser le chat.

– ‘est le chat ‘itsou, il a mangé ‘outes les ‘ouris de l’hôtel. ‘est un bon chat.

Elle le gratte derrière le cou, sous le menton. Le chat, ça lui fait fermer les yeux, les caresses de Zaza. Je pense à l’autre, celui qu’on a cimenté.

Je regarde Zaza. Je lui raconte. Tout, en détail, la coupe de lait, les mains de Pa’, la bassine, les chants rom et la mort du chat. Je n’oublie rien.

Quand j’ai raconté, je me tais.

Zaza se balance un peu de côté. Un moment, je crois qu’elle est fâchée à cause du drôle de sourire et de sa tête qui penche.

– Tu ne me crois pas ? je demande.

Elle fait une grimace. Avec son doigt, elle touche les jumelles. Elle gratte le plastique et elle me regarde par en dessous. D’un coup, je comprends.

– Tu savais ? Tu nous as vus…

Je me sens comme de rien à côté d’elle. Comme devant la guenon. La guenon, je l’aime tellement que je voudrais être elle.

Zaza, je l’aime aussi. J’ai le cœur assez grand.

– Demain, j’amène des cordes et je te fais une balançoire, je lui dis.

Parce que je veux lui donner quelque chose.

Après, je cherche autour, une poutre, un arbre. À part le périph', il n'y a rien. À un moment, Zaza lève la main, elle montre le cirque, juste au-dessus, la bretelle du périph', et en travers du chemin, le pylône, les deux grands pieds de fer.

Son doigt reste là.

Pour ça aussi je comprends.

– C'est dangereux, je dis.

Je la regarde.

– Mais on va le faire.

Je cours au camp. Des cordes, j'en ai, c'est pas ça. C'est le poids. Zaza, elle pèse au moins cent kilos.

Quand je reviens, elle est déjà sous le pylône. Je noue les cordes les unes aux autres et je grimpe le long du pilier. Le fer est brûlant, il me chauffe les semelles. J'accroche la corde à la poutre. Il y a cinq mètres en dessous, le fossé, le terrain.

Je vérifie les nœuds. Après, je saute sur le talus. Je me pends à la corde. Ça tient. Pour la planche, j'ai ce qu'il faut. Avec mon couteau, j'agrandis les encoches et je cale au mieux.

Le soleil qui cogne, ça fait vibrer la terre. Ça fait vibrer les yeux de Zaza. Quand elle s'assoit sur la planche, les cordes se tendent. Un moment, je crois qu'elles craquent.

– On a Dieu avec nous ! je dis quand je vois que ça tient.

Je la pousse. À force, je finis par la faire décoller. Elle se met à rire en regardant le sol entre ses pieds.

– P'us fort !

– Ça tiendra pas, je lui crie.

– 'a tiendra…

Je lève la tête. Au-dessus, la corde grince.

– Tu parles !

Zaza, je l'envoie voler plus haut. Quand elle dépasse les pieds du pylône, elle éclate de rire. Elle ferme les yeux, tête renversée, elle avale l'air.

Je la pousse encore.

Bientôt, je ris avec elle.

Quand je me réveille, le lendemain, c'est terrible. À cause du cri. Cette violence arrachée de la gorge de Mam'. Un moment, je crois que je rêve.

Je ne rêve pas.

J'enfile mes chaussures et je sors.

Tout de suite, je vois l'oncle Sam, devant, sur le chemin. Plus loin Pa' et Mam', Chicot. Tous, ils courent. Quand ils arrivent sous le périph', ils s'arrêtent et ils regardent par terre, entre leurs pieds.

Je cours aussi, moins vite, à cause de la peur. Je marche. Après, je traîne. Même doucement, je suis obligé d'arriver.

– Reste pas là ! elle dit Mam' quand elle me voit.

Je reste. Je regarde entre ses jambes, je m'accroche à sa robe.

L'oncle Jo, ils l'ont jeté du pont. Maintenant, il est dans le fossé, tout le haut du corps enfoncé dans la boue.

– Nom de Dieu…

Parce que sa bouche est ouverte, pleine de vase, le nez, les yeux.

Mam' s'attrape la gorge. Elle se frotte le visage avec ses mains.

– Fils de pute ! elle crie du plus fort qu'elle peut.

À force de se mordre, elle a la lèvre qui saigne. Elle court vers le périph', elle revient. Elle veut tuer la terre entière.

– Ta gueule ! il lui dit Pa'.

Mam', personne ne peut la faire taire. Elle a des yeux terribles quand elle s'approche de Pa'.

– T'es mal placé pour parler, elle dit. C'est toi qui devrais être couché, pas lui !

Une gifle comme ça, Mam', ça la couche dans l'herbe. Elle reste un moment assommée.

Pa' et Chicot soulèvent l'oncle Jo, ils le tirent au sec, sur le chemin. La mort, c'est une évidence. Ils se regardent. Ils le ramènent au camp.

L'oncle Jo, je le regarde. Je ne le reconnais pas. Même le toucher, c'est impossible. À cause de la bouche ouverte. Les dents jaunes avec le tartre à l'intérieur. Les plombages.

Ceux qui ont tué l'oncle Jo lui ont pris son âme. Ils lui ont aussi bourré la bouche de pierres.

– On ne peut pas le laisser avec ça, dit Chicot.

Il attrape la tête et puis il met les doigts, il enfonce sans respirer. Il sort les pierres. L'une après l'autre. Il les pose à côté, sur l'herbe. La dernière reste coincée dans le fond de la gorge. Il n'a plus le cœur d'y aller.

Il lâche la tête et il s'essuie la main sur le pantalon.

– On verra plus tard, il dit.

L'oncle Sam ne répond rien. D'un coup, c'est comme si lui aussi était tombé du pont.

Il se tient le ventre comme s'il allait crever. Il ne crève pas.

– C'était mon frangin ! il gémit quand il peut parler.

On ne peut pas l'arracher de ça.

– Mon frangin…

Après, il cogne avec ses poings sur la terre, sur la poitrine de l'oncle Jo. Un mort, ça ne revient pas. Jamais. On peut lui parler, il ne répond pas.

Il se met à cogner contre Pa'.

– C'est ta faute, il gueule, ta faute !

Il veut frapper mais la douleur, ça le plie. Il finit par tomber à genoux à côté de Mam'.

– Mettez-le au moins au soleil… il dit.

Comme si le soleil pouvait quelque chose. Chicot le tire quand même dans l'endroit le plus en lumière, près des caravanes.

Après, il nettoie le cou de l'oncle Jo, son visage. Il nettoie toute la peau avec un torchon.

Quand il arrive aux yeux, il pousse un cri, quelque chose comme un raclement qui lui reste dans la gorge.

Il prend la tête de Jo entre ses mains.

– Putain, les enfants de salauds !

Parce que ceux qui lui ont fait bouffer les pierres lui ont aussi arraché les yeux.

Quand la nuit tombe, on est toujours autour de l'oncle Jo. Un ver luisant brille derrière sa tête, à côté de la roue du camion. Personne n'ose le toucher. Même bouger, on ne peut pas. On entend les grillons, les premières grenouilles. Le hurlement des sirènes.

Les phares des voitures éclairent la bâche et le visage de l'oncle Jo. Sa bouche ouverte. En ombre. Avec la pierre dedans, au fond. Coincée.

Chicot dit que la bouche ne se refermera pas. Qu'il faudrait attacher la mâchoire avec un foulard.

Mam' aime trop ses foulards pour en donner un à l'oncle Jo.

– De toute façon… elle dit.

Mam' dit que les cheveux des morts continuent de pousser, les ongles, les dents. Elle dit aussi que les Rom ont des prières pour faire revivre les morts.

Mam', elle n'a pas réussi à faire revivre Petit Max alors elle m'a fait vivre moi.

Moi, je suis comme Petit Max. Mais pas vraiment.

L'oncle Jo, je ne sais pas ce qu'il est.

Il est mort.

Quand on est mort, on est différent. On fait peur.

Les pierres, je les ai ramassées et je les ai mises dans ma poche. Je n'ai pas pu m'empêcher. Pa' a raison, je suis une fouine. Tout ce qui traîne, je le récupère.

Mes poches, c'est des cavernes.

Les yeux de Jo sont quelque part, là-bas, dans le fossé.

Dans la vase.

Je suis sûr de ça.

Chicot aussi.

Sam.

Je regarde du côté du pont mais je n'ose pas y aller. Et puis les yeux, ça ne se garde pas.

Sam, ça le rend fou de comprendre que son frère est mort. Il veut partir, mettre le feu à la ville.

Se faire tuer lui aussi.

Et tuer Pa'.

Chicot cache le fusil, les cartouches. Il ne lâche pas Sam des yeux.

– Celui qui a fait ça, on le retrouvera.

– Tu parles ! elle fait Mam' en montrant la grandeur de la ville.

Sam cherche dans l'ombre des camions, sur le périph'. Il pleure comme un gosse en gémissant le nom de l'oncle Jo.

– Ça va aller… dit Chicot en le berçant contre lui.

Sam, il ne veut pas qu'on le touche. Il donne des grands coups de pied dans la terre. Il crache. Il vomit.

Après, il s'assoit. Il pleure.

– Il va en crever, elle dit Mam'.

Quand il ne pleure plus, il tremble. Des bras, des jambes, de tout son dedans de corps.

Mam' a raison, il va en crever.

Chicot recouvre le corps de l'oncle Jo avec un drap. Le drap n'est pas assez grand. Il reste les chevilles, les souliers.

– Qu'est-ce qu'on fait maintenant ? il demande.

Pa' hausse les épaules.

– C'est jamais bon d'appeler les flics…

Des phrases. En murmure. Loin de l'oncle Sam.

Chicot allume une cigarette.

– C'est eux qui ont fait ça ?

Des mots, dans l'ombre des camions.

Pa' soupire. Il enfonce les mains au fond de ses poches. Il fixe le bout de ses chaussures.

– Ouais…

Chicot regarde du côté du talus.

– Et tu comptes faire quoi ?

Pa' ne répond pas.

Chicot se retourne vers le périph'.

– Il faut attendre la nuit, il dit. On peut pas creuser maintenant.

Il monte dans le fourgon. Il vide les caisses de sardines et il récupère les cartons. Après, il descend tout sur le terrain. Avec les morceaux, il fabrique une grande caisse avec un couvercle. Pour faire tenir, il scotche avec de la bande adhésive.

Il fait ça tout seul. Sans parler.

Quand il a fini, on voit tous ce qu'il a fait.

On voit aussi que l'oncle Jo ne rentrera pas dedans. Qu'il est trop grand. Chicot le voit aussi. Il crache son tabac.

– Va chercher la toile cirée, il me dit.

Comme je ne bouge pas, il s'énerve.

– Sur la table. Dans sa caravane.

Je me traîne. Quand je passe devant le chat, je pense à tout ce que Mam' dit sur la légende des morts. L'âme prisonnière. Mam' dit que les pierres sont vivantes. Elle dit qu'il suffit de changer une pierre de place pour changer le cours d'une rivière. Elle dit aussi que les pierres sont les larmes des morts.

Je pense aux mots de Mam'. Après, j'aspire un grand coup et j'avance jusqu'à la caravane. Je reste un moment la main sur le loquet. J'ouvre. Dedans, c'est tellement petit, la nappe je ne peux pas la rater.

Sur la nappe, il y a le saxo.

Pour prendre la nappe, il faut toucher le saxo. J'avance la main. J'entends les notes dans ma tête. La musique. Quand on est vivant, on pose les objets, on croit qu'on va les reprendre et un jour, on ne les reprend pas. C'est un autre qui le fait à notre place. Avec mes doigts, je touche le saxo. Le cuivre est froid, lisse, presque mouillé. Je le soulève et je le prends contre moi. Je le serre à pleurer.

Quand je reviens, l'oncle Jo est dans le carton. Avec le couvercle. Scotché. Et la tête qui dépasse.

– Tu en as mis du temps.

Chicot me prend la nappe des mains et il la glisse sous la tête.

Il arrange les cheveux, il remet la tête bien droite et puis la nappe.

– Il faudrait le raser, il dit.

Pour la bouche, on ne peut rien.

Je touche les pierres au fond de ma poche, je les fais rouler. Je regarde la bouche. Je pourrais les remettre dedans, une par une, les faire glisser.

Sam se traîne jusqu'à la caravane. Il revient avec une bombe de mousse et un rasoir. Il s'assoit à côté de la tête.

Il rase en pleurant. Il essuie.

Quand il rase le cou, je pense à la pierre qui est dedans.

Autour il fait nuit. Il n'y a plus de voitures. On attend. On ne peut pas faire autre chose. C'est un moment mais ce n'est pas de la vie. Ça lui ressemble, c'est tout.

Quand Sam a fini, on se recule tous et on regarde. La boîte. Le visage de l'oncle Jo. La nappe dessous. Les traces de mousse séchée et le rasoir resté sur le carton.

On attend la nuit.

Quand la nuit est très noire, Chicot se lève.

– On y va, il dit.

Il attrape les deux bouts de la toile cirée. Il reste un moment sans rien dire, il nous regarde et il regarde l'oncle Jo.

Après, il enroule la toile cirée autour de la tête. Il fait ça doucement et il scotche un bon coup.

Il fait tenir au carton comme il peut.

Maintenant, on ne voit plus rien de l'oncle Jo. Simplement la forme, la toile, les carreaux blancs et bleus.

– J'veux pas qu'on l'mette ici, dit Sam en s'accrochant au carton.

– Et tu veux qu'on l'mette où ? elle demande Mam'.

Sam ne répond pas. Il devient lourd, comme s'il était mort lui aussi, mort mais encore debout.

– J'veux pas…

Les bras ballants, il fait pitié.

– Y a pas le choix… dit Chicot.

Avec Pa', ils prennent les pelles et ils vont creuser derrière, dans le plus meuble.

Ils font ça sans parler. Quand ils sont fatigués, ils se crachent dans les mains. Sam, il entend les bruits de pioche. Il ne peut pas faire autrement. Il s'attrape la tête, les cheveux.

À l'entendre, on dirait que c'est dans son cœur qu'ils sont en train de creuser.

Il n'y a plus de voitures, juste un camion de temps en temps et puis les trains de nuit qui ralentissent à cause de la gare tout près.

Les phares balayent le tas de terre, la forme de l'oncle Jo dans le carton.

C'est long de creuser. La terre. Les pierres.

Quand ils ont fini, Chicot et Pa' vont se rincer la tête au robinet.

– On peut dire quoi ?... il pleure Sam.

Il n'y a rien à dire.

Je lui caresse la main. Ça tremble dedans. Je regarde. Le trou est profond. Plein de nuit.

On se retrouve tous autour du trou et on fait un grand silence pour penser à l'oncle Jo.

– Le carton, ça prend l'humidité, elle dit Mam' plus lugubre que jamais.

Elle récite des prières chrétiennes. Pa' récite des prières rom. Les mots se mélangent. Deviennent des paroles inconnues. C'est elles qui vont accompagner l'oncle Jo dans l'au-delà du monde.

Quand ils ont fini, Chicot regarde Sam.

– Il faut le faire, il dit.

Avec Pa', ils attrapent le carton et ils le font glisser dans la terre. La toile cirée. Les carreaux. Bleus. Blancs. Ils font glisser en poussant. Le carton, ce n'est pas du solide, il se déchire par en dessous. Il finit par basculer. Avec l'oncle Jo dedans. On entend le bruit quand il touche le fond de la terre.

Autour, plus personne ne bouge. Ça devient dur de respirer.

Chicot, c'est lui qui décide des choses qu'il faut faire. Il se baisse, il ramasse une poignée de terre et il la jette sur le carton.

On fait tous comme lui, une poignée qu'on garde et qu'on laisse tomber.

Après, Mam' emmène l'oncle Sam. Elle va fumer avec lui contre le camion.

Pa' et Chicot recouvrent l'oncle Jo. Tout ce qu'ils ont enlevé, ils le remettent. La terre, les feuilles, les branches, les pierres. Quand ils ont fini, ils tassent.

Pour finir, Chicot pose ses deux cygnes. Avec les tulipes dedans qui commencent à pousser.

Quand je le vois faire, je ne peux pas m'empêcher, je me mets à trembler. Il me prend contre lui. Il doit me sentir suer à l'intérieur de ses mains.

– Tremble pas comme ça, il dit.

Je claque des dents.

– Regarde, sinon ce sera pire.

Quand Sam revient, il fixe la terre. Les cygnes. Il ne peut plus parler. C'est comme si lui aussi il avait des pierres en travers de la gorge.

– Les cygnes, putain, qu'est-ce qu'on avait rigolé… elle dit Mam' quand elle voit ça.

Elle fait une croix avec deux bâtons et elle la plante droit dans la terre.

– Comme ça c'est mieux.

Chicot arrache la croix.

– Si les flics voient ça, ils vont vouloir creuser.

Mam', elle est têtue. Elle reprend sa croix et elle l'enterre.

– C'était pas un chien quand même…

Moi, les chiens, je les vole et avec l'argent, un jour, je me paierai un beau taxi pour oublier tout ça.

Le lendemain, on rapproche les caravanes, on regroupe tout au plus serré.

Maintenant, de la cime du camion, je vois les immeubles, les maisons, les grues et toutes les routes qui se croisent par-dessus.

Je me crois sur une île.

Il y a des jours où la mer, c'est très loin.

Et puis des jours où je la sens à côté.

Je regarde le pylône. Dès qu'ils nous l'enlèvent, on s'en va. Ils ne l'enlèvent pas. Ils nous oublient.

Le saxo est toujours sur la table. Sans la nappe. La nappe est sous la terre, autour de la tête de l'oncle Jo.

– On va foutre le camp d'ici ! elle dit Mam'. Foutre le camp !

Depuis la mort de l'oncle Jo, elle a le maquillage qui coule et le dessous des yeux gonflé. Elle n'arrive plus à s'asseoir. Elle serre ses mains à se faire blanchir les doigts.

– Si on part, on abandonne les camions, les caravanes, il faut le savoir, dit Chicot.

Mam' relève la tête.

– On reviendra les chercher après !

– Après ! Tu me fais rire ! On sera pas au premier virage qu'ils auront tout désossé.

– Moi, j'abandonne pas mes tigres, dit Pa' en crachant dans l'herbe. Ni les tigres ni les camions, rien.

Mam' se tourne vers lui.

– Tu préfères crever ?

Ils se fixent. Avec ses yeux, Mam' pourrait le tuer.

Pa' sort son Beretta.

– J'ai des balles, je sais tirer. Il faut faire gaffe, c'est tout.

– Et lui, tu vas le faire revenir peut-être ? elle dit en montrant le tas de terre sur l'oncle Jo.

– Commencez pas à vous engueuler, dit Chicot. Si on part, c'est tous ou personne. Faut savoir.

– C'est une putain de question de jours ! Ils vont l'enlever ce pylône. Ils ont dit à la fin du mois. On est le vingt-cinq. Après, on fout le camp.

Pa' revient vers Mam', il lui prend la main mais Mam' ne veut plus qu'il la touche.

– Tu m'dégoûtes.

Elle dit ça en remontant les lèvres et on voit bien qu'elle pense ce qu'elle dit.

– De toute façon, dit Chicot, on est à sec dans les camions et on a un pneu crevé. Pylône ou pas, on est bloqués.

Pa' se redresse brusquement.

– Un Pazzati, ça ne fuit pas. Je sais où le trouver le fils de pute qui a fait ça ! Je vais lui faire lécher le canon, il va la sentir passer croyez-moi.

Il revient vers Sam.

– J'le vengerai ton frangin, même si je dois y laisser ma peau. T'entends Sam, j'le vengerai !

Sam ne répond pas. Il ne veut plus regarder Pa'.

Pa', il est plus fort que les autres à cause du sang mêlé de ses ancêtres. Il se lève. Il marche de long en large entre les camions du camp et il cogne contre les pneus.

– Un Pazzati, ça ne fuit pas. Un Pazzati, ça se bat !

– Et ça crève ! elle finit par dire Mam' en gueulant plus fort que lui.

– Je préfère encore ça, il répond en la regardant bien en face.

– Ou alors ça fait crever les autres, dit Sam.

Là-dessus, Pa' ne peut rien répondre. Il va s'enfermer dans la caravane.

Au fond de ma poche, j'ai les pierres et le foulard de l'oncle Jo. Le foulard, je l'ai trouvé dans l'herbe en allant traîner sur le chemin. Il a l'odeur de l'oncle Jo. Quand je le sens, j'entends le saxo.

Tout l'après-midi, je reste assis le dos au soleil à regarder sécher la bâche. La bâche rouge des Pazzati. Je respire le foulard. Après, je m'endors.

C'est la voix de Pa' qui me réveille.

– C'est des tueurs ces mecs, il faut faire gaffe !

– Calme-toi…

– Facile à dire, dit Pa' en donnant un coup de poing contre la tôle.

Chicot lui tend un torchon.

– Essuie-toi.

Il lui montre son visage, la sueur.

– Tu as la trouille ?

– Ouais j'ai la trouille, et alors ?

– Alors rien, je voulais savoir… Tu comptes faire quoi ?

– J'en sais rien ! Il me faudrait une mise pour me refaire, j'en ai pas ! T'as pas du fric toi ?

– Pas pour ça.

Pa', il devient furieux.

– Ils ne s'arrêteront pas là, je te dis ! Je les connais. J'ai eu la déveine, putain, ça peut pas continuer !

Il tourne autour de lui comme s'il cherchait quelqu'un. Quelque chose à écraser.

C'est comme ça qu'il me voit.

– Qu'est-ce que tu fais là toi ?

Il me tire d'entre les roues.

– Je t'ai posé une question ?

Pa', il a des bras de tueur. Avec une main, il peut arracher la tête d'un homme.

Il me met une baffe.

– Pour t'apprendre !

Quand il me lâche, je tiens à peine debout. J'avance jusqu'à la caravane. Je m'avale un grand verre d'eau avec des cachets que je vole dans les boîtes de Mam' Ça m'engourdit. Je retourne au fourgon. Je prends la guenon contre moi. Je me couche contre elle dans le creux de ses grands bras poilus et je la regarde. Je lui berce le ventre. La guenon, elle doit sentir que ça ne va pas. Elle me lèche les yeux. Le mouillé des lèvres.

Entre elle et moi, c'est plus fort que tout. Plus fort que la mort.

Elle est quand même belle la vie, je me dis pour y croire un peu.

Maintenant que l'oncle Jo est mort, j'évite le pont, le fossé. J'évite le talus.

Même les yeux de Mam' je ne peux plus les regarder.

Mam' entre dans une période de grande prière. Elle s'habille en noir, avec une robe et un grand foulard noué.

Un matin, elle m'emmène avec elle dans la Mercedes.

– Tu m'attends là, elle me dit quand elle se gare.

C'est un cimetière, un endroit d'arbres avec des croix plantées. Une église juste à côté.

Je m'assois sur le banc. J'attends.

Avec des graviers, je fais voler les pigeons. Je vise les croix. Une vieille devant sa tombe.

Des croix, il y en a en bois, en pierre. Avec du lierre et d'autres pas. Ou du béton. Je finis par me lever, par lire le nom sur les plaques. Les dates. Je retiens les noms qui vont avec les dates et je remonte comme ça une partie de l'allée.

La vieille tient un paquet à la main. Elle marche en traînant des semelles. Le gravier est blanc. La ficelle du paquet dorée.

L'ombre du clocher s'étire jusqu'à la grille d'entrée.

Je me lève et je suis la vieille, je m'enfonce avec elle dans le sombre du passage jusqu'au dedans de l'église.

À l'intérieur, ça sent le mouillé. Près de l'autel, il y a des bancs, des fleurs et tout un groupe de gens à genoux autour d'un curé.

La vieille ne va pas vers eux. Elle passe par les côtés et elle s'arrête devant une petite vierge en plâtre. Elle pose le paquet sur un banc et elle commence à prier.

Avec les ongles, je gratte au fond du bénitier. Il y a de l'eau. Du sel. Je me mouille le front pour me protéger de la colère. Je m'avance et je touche le banc. Je pourrais toucher les cheveux de la vieille si je voulais. Son foulard. M'asseoir à côté d'elle et lui demander où est la mer. Peut-être qu'elle le sait. Je pourrais l'aider à porter son paquet. Lui donner ma vie aussi.

Quand le curé commence à chanter, les autres suivent. Je remonte la travée. J'aimerais bien chanter avec eux mais ce ne sont pas des chants rom.

Je me cache derrière un pilier. Autour, ça sent la poussière et le rat crevé. Ça sent la flamme des bougies. D'où je suis, je vois les ombres, les visages, la silhouette carrée du curé. Je me colle à la pierre. Je vois des souliers, des talons, des lanières. Des chevilles. Et puis je vois la robe de Mam'.

– C'est ta faute ! elle a dit à Pa' en voyant les pierres dans la bouche de l'oncle Jo.

Je fixe son pied.

Les pierres, je les ai dans la poche. Quand je marche, elles me battent les cuisses.

Je pourrais crier. Hurler. Retrouver la vieille et la tuer. Je recule. D'un coup, j'ai la sueur qui pue l'oignon.

Si Mam' me voit, elle me tue.

Je sors de là en courant. La vieille continue de prier. En passant, je la frôle. Je me cogne contre son banc. Je me retrouve dehors à dévaler les marches. Je passe sous le porche. Dans l'ombre froide. Je remonte le cimetière, les croix. J'ai mal là où je me suis cogné.

Quand j'arrive au banc, je me laisse tomber. Je ferme les yeux et je me récite la liste des morts. Avec les dates qui vont avec. Je le fais une fois et puis une autre. Après, j'ouvre les yeux et je vois les croix.

Le paquet de la vieille, je l'ai entre les doigts. Je n'ai pas voulu ça. Enfin je ne crois pas. Je commence à rire. Je tire sur la ficelle. Le nœud est serré, je le déchire avec les dents. À l'intérieur, les gâteaux sont renversés, il y a de la crème collée au carton. De voir ça, j'ai du rire qui me monte dans les yeux, dans le bas du ventre. Je laisse venir. Je me bourre de pâte, de brioche. Quand j'ai fini, je lèche la crème, le chocolat fondu, les amandes. Je pose le carton à côté de moi et je me lèche les doigts.

Un long moment, je souris aux tombes, aux noms gravés, aux fleurs.

Le ventre plein, je souris à la mort.

Quand Mam' revient, elle ne me parle pas. Elle ne me demande pas pour le carton. Dans la voiture, elle met la musique à fond. Je tourne mon visage vers la vitre et je regarde la ville défiler.

Maintenant, Mam' va à l'église tous les jours. Elle prie pour l'oncle Jo. Elle prie aussi pour Sam et pour Chicot.

Elle ne prie pas pour moi. Elle dit que les enfants vont au paradis et que ce n'est pas le pire des endroits.

Les prières, ça ne l'empêche pas d'insulter Dieu. Quand elle est furieuse, elle dit que prier c'est comme enculer les mouches.

– J'en enculerais mille, ça aurait plus d'effet !

Mam', elle ne peut pas faire ça, je le sais. Et puis des mouches, ici, il n'y en a pas. Ou alors il faut aller tourner autour des poubelles et Mam' n'y va jamais.

Les jours d'église, Mam' me laisse dehors, sur le banc. À cause de ça, je connais les tombes, les morts, ceux qui ont des visites et ceux qui n'en ont pas.

Je revois la vieille. Sa tombe, c'est la sixième, Lucien Payet, 1921-1944. Mort pour la France. Pitié.

Pitié, ce n'est pas moi qui le dit. C'est écrit. Gravé dans la pierre pour que ça ne s'efface pas.

Mam' reste longtemps dans l'église. J'attends. Je traîne. S'il pleut, je reste dans la voiture. Les gens ne me voient pas. Je dessine avec mon doigt dans la saleté des vitres. Je dors.

Je pense que Mam' aime Dieu autant qu'elle aime Pa'.

De retour, on s'arrête chez Rachid. On mange des loukoums et on boit du Coca. Toujours. Des loukoums. On ne change pas.

Chez Rachid, ce n'est pas cher et il y a de la musique raï. On se met dans la salle du fond, une pièce sans fenêtre, on ne voit rien de la ville, rien du jour ni du temps qu'il fait.

On se voit nous et puis nos loukoums. On écoute le raï.

C'est du bonheur.

Le bonheur, ça ne dure pas, c'est pour ça que c'est du bonheur.

Un jour, Mam' sort son porte-monnaie, elle paye les derniers loukoums.

Après, elle enlève son foulard et elle le range au fond de son sac.

– Ça fait quinze jours maintenant. L'oncle Jo, il est au paradis ou il est en enfer, on ne peut plus rien pour lui.

Ce jour-là, elle laisse un pourboire à Rachid.

De retour, elle lave sa robe noire et elle la met à sécher sur le fil. Ensuite, elle enfile ses collants en couleurs, ses bagues, ses colliers et elle s'enferme avec Pa' dans le camion.

Depuis la mort de l'oncle Jo, Mam' ne veut plus me voir traîner le long des fossés. L'hôtel, je le regarde de loin.

Avec Zaza, on s'envoie des signes de soleil avec des morceaux de miroir. Quand il n'y a pas de soleil, on ne s'envoie rien.

Un soir, on entend chanter. Chicot dit que c'est le vent dans les dunes de terre. Les herbes. La poussière. Il appelle ça le chant des fanes.

Il se trompe. C'est Zaza. Elle est tout en haut, sur la butte devant l'hôtel. Ce n'est pas la première fois qu'elle vient jusque-là. Elle ne s'approche pas. Elle reste assise, les jambes dans les ajoncs et elle chante.

– Qu'est-ce qu'elle vient faire là ? elle me demande Mam'.

– Je sais pas…

– Fais l'ignorant !

Elle crache dans l'herbe.

– Si tu crois qu'on n'a pas assez d'emmerdes comme ça !

Je baisse le front.

– Zaza, elle fera pas d'emmerdes, elle peut à peine marcher.

C'est la première fois que je réponds à Mam'. Je suis prêt à me faire assommer pour ça. Je lève les yeux. J'attends. Mam' ne m'assomme pas.

– *Putana !* elle dit en montrant Zaza du poing.

Mam', c'est la seule femme qui règne sur le camp et elle ne veut partager avec personne.

Chicot s'avance, les mains dans les poches.

– Elle fait pas de mal, il dit.

– Qu'est-ce que t'en sais ?

Chicot hausse les épaules.

– Ça se voit.

– Elle fait le tapin ! Si c'est ça, elle a toute la bordure du périph' et puis les ruelles à l'intérieur !

Mam' m'attrape par le bras.

– En tout cas, toi, je veux plus te voir tourner là-haut, c'est compris ?

Je ne réponds pas. Je gratte entre les pierres, dans les cendres. J'enterre les scarabées.

– Tu traînes pas, t'entends ?

J'attrape une fourmi. Je me la pose sur la langue. Je l'écrase et je l'avale. Le goût me reste, amer entre les dents.

– Il entend, fais-le pas chier !

– On a assez d'emmerdes.

– C'est ça, dit Chicot.

C'est juste après qu'on aperçoit l'oiseau. Un bel oiseau blanc tombé derrière les caravanes. Quand il nous voit, l'oiseau recule, il bat des ailes, il se soulève et puis il retombe. Avec Chicot, on s'approche. On se fait tout petits devant lui.

L'oiseau nous regarde.

– Il va mourir ? je demande.

Chicot l'observe.

– Non, je ne crois pas. Il est juste fatigué.

– Pourquoi ?

– Je ne sais pas… Il doit venir de loin. Va lui chercher de l'eau.

L'oiseau a soif.

Il boit devant nous. La peau de ses paupières tombe sur ses yeux.

– C'est un oiseau de passage, dit Chicot.

Je regarde autour de moi.

– Il est tout seul ?

– Oui… Tu sais, c'est très dur de suivre ces oiseaux-là. Ils volent près du soleil, les autres ont peur.

– Pourquoi ils font ça ?

– Pourquoi ? Parce que c'est beau pardi. Quand tu fais ça, tu es libre. Tu voles dans des endroits où personne n'a volé avant toi.

L'oiseau a fini de boire. Son bec touche la terre.

– C'est pour ça qu'il est tout seul ?

– Oui. Les autres oiseaux n'aiment pas ça.

– Ils n'aiment pas quoi ?

– Les oiseaux qui ne volent pas comme eux.

L'oiseau ne bouge pas. On dirait qu'il dort.

– Il a faim ? je demande.

– Je ne sais pas…

Avec Chicot, on retourne à la caravane, on fait tremper de la mie de pain dans un peu d'eau. L'oiseau ne mange pas.

– Demain, on ira lui acheter des graines. Il faudrait lui trouver des mouches, des vers…

– Et les sardines, je dis, il n'aimerait pas ?

Chicot me regarde par en dessous. Il hésite et puis il sourit.

– D'accord, il dit. Mais tu ne le dis pas à Sam.

C'est comme ça qu'on commence à sauver l'oiseau. À petites becquées de sardines et en cachette de Sam.

Pa', quand il nous voit, il devient fou.

– Vous n'avez rien d'autre à faire ?

Parce qu'on est assis à côté de l'oiseau, avec la gamelle. Les sardines coupées.

– C'est un oiseau de passage, je lui dis.

– Un oiseau de passage, mon cul !

Pa', ça l'énerve de voir qu'on s'occupe d'un oiseau. Lui, il ne fait plus rien. Même rester autour du feu, il ne peut pas. Ou alors le dos calé à la bâche.

Il fixe le périph'. Il nous dit que le prochain c'est lui. Ou peut-être pas.

Pour se calmer, il lance des bouteilles en l'air. Il leur tire dessus. Avec Chicot, on le regarde, on ne dit rien. On a peur qu'il tue l'oiseau.

Pa', de nous voir, il ne supporte pas. Il monte dans la voiture et il s'en va.

La nuit, j'ai peur que les motos reviennent.

Le matin, quand je me lève, j'ouvre la porte. L'oiseau est toujours là.

Les deux hommes de l'électricité se garent au bord de la route, ils relèvent les numéros du pylône. Quand ils ont fini, ils s'approchent de nous.

Ils disent qu'enlever un pylône, ça demande du temps. Surtout un pylône qui ne gêne pas.

– Combien de temps ? il demande Chicot.

Les hommes haussent les épaules.

– Difficile à savoir…

Pa' leur pose deux boîtes de sardines dans les mains mais même avec ça, ils n'ont pas de date à donner.

Le plus gros lorgne du côté du bac à friture.

– À manger quelque chose, c'est pas plutôt possible d'avoir des beignets ?

Chicot, ça ne l'arrange pas.

– C'est tard, il dit, et puis on manque de sucre.

– C'est pas grave, nature, on aimera.

Il donne un coup de coude à son camarade.

– Pas vrai qu'on aimera ?

L'autre fait oui avec la tête. C'est sûr qu'enlever un pylône, ce n'est pas ce qu'on fait de plus simple.

Mam' est obligée de sortir de la caravane pour faire chauffer l'huile. Pendant ce temps, ils parlent du pylône, de la chaleur et du goudron qui fond.

– C'est quoi cet oiseau ? ils demandent en montrant l'oiseau derrière la caravane.

– Un oiseau de passage.

– Il s'est posé ? C'est plutôt rare.

Ils vont tourner autour de l'oiseau et puis ils vont tourner autour des cages.

– C'est pas réglementaire. Pour les tigres, il faut double rangée de barreaux.

Quand ils voient les cygnes de Chicot, ils se baissent pour les toucher.

– Et ça aussi c'est des oiseaux de passage ? ils demandent en se poussant du coude.

Ils prennent de la terre et ils la font glisser entre leurs doigts. Nous, on ne rit pas.

Dans mon dos, je sens Pa' qui commence à s'énerver. Et s'ils se mettaient à gratter la terre, à aller voir par en dessous ?

À se demander pourquoi les fleurs sont si belles.

Et s'ils trouvaient la croix ?

Heureusement, les beignets finissent par cuire. L'odeur envahit tout. Les hommes se relèvent et ils se frottent les mains.

– Un sacré endroit ! dit le plus grand en montrant le périph'.

Les beignets sont gonflés, dorés, presque trop bien réussis. Sans sucre, comme Chicot a dit.

– On fera ce qu'on pourra pour votre pylône, mais faudra attendre la fin du mois.

Ils mangent les beignets et ils emportent les sardines.

– Sûr, il dit Pa' quand ils sont dans l'estafette, il faut foutre le camp.

Pa', vient un moment où il en a marre d'avoir peur. Marre aussi de rester sans rien faire et d'attendre qu'on le tue.

C'est pour ça qu'il vole le saxo. Il fait ça sans rien dire à personne.

Il vole aussi les économies de l'oncle Jo.

Quand il revient, c'est le matin.

Il descend de voiture et il nous dit qu'il ne doit plus rien à personne. Il ne nous dit pas s'il a vengé l'oncle Jo mais il nous emmène manger des tapas au restaurant mexicain.

Chicot ne vient pas avec nous.

– Du temps des Pazzati, on t'aurait coupé la main ! il dit en regardant Pa'.

– Tu parles ! Le saxo, personne ne sait en jouer. Il servait à rien.

– T'aurais dû en parler.

Pa', il s'en fout de ce que dit Chicot. En plus des tapas, il nous paye des bières, de la limonade et il fait le plein de la Mercedes.

Avec les billets qui restent, il veut trouver un magasin ouvert pour acheter une télé. On traverse toute la ville. C'est jour férié, on n'en trouve pas. Il jure qu'on reviendra. À la place, on va au cinéma.

Quand on rentre, on trouve Chicot assis sur sa pierre à côté de l'oiseau.

– C'était bien… je lui dis.

Chicot, il ne veut pas parler des tapas ni de la sortie. Juste de l'oiseau.

– Qu'est-ce que tu fais ? je demande.

– Un abri pour le protéger du soleil. Le protéger aussi des autres oiseaux.

Il finit de clouer le toit.

– Avec ça, du ciel, les autres ne le verront pas.

Il pose l'abri à côté de l'oiseau.

– Il n'a qu'à faire comme les autres, il aura la paix, je dis.

Chicot arrête son geste.

– Qu'est-ce que tu veux dire ?

– Ben… voler plus bas.

Chicot arrange les gamelles, les graines. De tout le temps qu'il fait ça, l'oiseau ne bouge pas.

– Voler comme les autres, il ne peut pas.

– Pourquoi ?

– Il n'est pas les autres, Dan…

Il regarde l'oiseau.

– Ces oiseaux-là tombent quand ils sont fatigués, qu'ils n'en peuvent plus de voler. Ça leur arrive aussi de tomber par désespoir. Quand ce qu'ils portent en eux devient trop lourd. Souvent ils meurent, tués par leur propre chute ou par ceux qui les attendent en bas.

Chicot, je l'écoute tant qu'il parle. Il parle longtemps. D'une voix cassée.

Il parle de l'oiseau et de la différence. Il dit qu'il est de certains oiseaux comme de certains hommes. Que l'on peut passer sa vie à chercher quelque chose dans sa conscience. Une chose hors d'atteinte.

À la fin, je ne comprends plus tous ses mots. J'écoute quand même.

– Il faut être plus fort quand on est différent.

Il se roule une cigarette. Ce qu'il fume, ce n'est pas du tabac. C'est des cigarettes d'herbe qui le rendent silencieux.

Je sors le foulard de ma poche et je me le mets sous le nez. Je respire dans l'odeur. Je pense au saxo. Mam' dit que Pa' a porté le saxo au clou. Elle dit que le clou, c'est un endroit où on dépose des choses et qu'avec un peu de chance, on peut les récupérer. La chance, je n'y crois pas.

J'attends la nuit et je vais prier à côté du chat.

C'est à cause de ça, les jours suivants, je vole des chiens. Pour récupérer le saxo. Je m'en fous si on me jette de la cime du pont, si on me crève comme elle dit Mam'.

Je soulève les grillages.

Les chiens sont des ombres qui me suivent. Je ne les regarde pas. L'IRH ce n'est pas loin. Juste de l'autre côté du périph'. Une tour, avec une grande affiche en néons. Un parking. Avec le chien, on passe sous les barrières et on grimpe les marches jusqu'à la porte en vitre. Derrière, il y a un bureau avec une fille et un téléphone. Des bonbons dans une coupe.

Maintenant, la fille du téléphone me connaît. Quand elle me voit, elle décroche. Elle appelle l'homme à la Volvo.

– Va t'asseoir là-bas, elle me dit.

Là-bas, c'est un petit coin, trois sièges en plastique derrière une vitre.

– C'est où le clou ? je lui demande quand elle a fini.

– Le clou ? Place Albert-Ier, à trois rues d'ici.

Dans les poches, j'ai plusieurs billets mais ça devient de plus en plus dur de trouver des chiens. Ceux qui en ont commencent à se méfier. Ils mettent des cadenas aux portails.

Il faut remonter de plus en plus loin. Faire les sorties des magasins. Même attraper les prunes en passant la main, ça devient risqué.

Un jour, j'irai place Albert-Ier et je récupérerai le saxo de l'oncle Jo. C'est ce que je me dis en attendant Zaza au pied de la balançoire. Quand Zaza arrive, je lui montre le mendiant.

– Si c'est pas ton père, c'est qui ? je lui demande en prenant les jumelles.

Elle hausse les épaules.

– Un homme. Y m'a 'écupé'ée.

– C'est ton oncle ?

– 'on…

– Mais… tes parents, ils sont où ?

Zaza écarte les mains et elle s'assoit sur la balançoire, entre les cordes. Au-dessus, le périph' est complètement bloqué à cause des travaux à l'entrée de la ville. Les enfants des voitures nous font des signes. Avec Zaza, on les regarde, on ne leur répond pas.

Je commence à pousser. Ses jambes volent plus haut que les piliers. Ses cheveux. Sa robe. Je l'entends rire alors je pousse plus fort. Avec l'élan, je ne sens plus son poids. Les cordes craquent. Je la pousse encore.

C'est comme ça que l'on tue la première fois.

Comme ça. En riant. L'air de rien.

Maintenant, Zaza, elle se balance tellement haut que je ne peux plus l'arrêter. À peine si je frôle la planche avec mes doigts. Elle s'agrippe aux cordes.

Elle rit.

Après, elle a peur.

À un moment, elle crie :

– 'a mer ! 'a mer !

Elle lâche la corde, elle tend la main. Je regarde. Je ne peux pas m'empêcher.

Zaza, elle est pire que moi côté espérance.

– 'a mer !

Ça lui sort du ventre, un cri comme celui-là. Elle reste un long moment à avaler avec les yeux. Quand elle n'en peut plus de voir, elle se laisse ralentir. Ses fesses débordent de la planche. Elle est petite, plus petite que moi, avec trois fois plus de poids.

– J'ai failli te tuer, je lui dis.

Elle se met à rire.

– 'ailli seulement…

D'un coup, sa vie a plus d'importance que la mienne. Je la prends contre moi comme je prends la guenon. Je la fais danser. Je lui demande pardon. Zaza, elle en bave de bonheur.

Après, elle est tellement fatiguée qu'elle se couche dans l'herbe.

Même rire elle ne peut plus.

Je regarde la corde, la planche.

– La mer, tu l'as vraiment vue ?

Elle fait oui avec la tête.

J'attrape les cordes.

– La mer, vraiment ?

Je prends sa place sur la planche et je commence à me balancer.

Le rêve de Pa', c'est d'avoir des panthères. Des bêtes sauvages devant lesquelles il puisse trembler.

Avant, il achetait des catalogues. Il était abonné. On a déménagé et l'abonnement n'a pas suivi.

Pa' ne perd jamais ses idées. Quelquefois, les idées s'éloignent mais il ne les oublie pas.

Maintenant qu'il n'a plus de dettes, ses idées reviennent.

– Des fauves, c'est ça qu'il faut pour relever le cirque, pas vrai ? il me dit.

Dans ses yeux, je vois les panthères.

Je me tasse.

– On pourrait faire une sacrée équipe toi et moi.

Avec son fouet, il me relève le menton.

– Tu es d'accord hein ?

Il me touche les cuisses, les mollets.

En me touchant, il comprend. Mes jambes, ça ne colle pas avec son idée de fauves, mes bras, mon corps tout entier. Ça lui monte à la conscience. Je vois quand ça lui arrive dans les yeux.

Le moment.

Où il me voit.

Avec la pointe du fouet, il me touche l'os.

Je ne muscle pas.

Je ne rentre pas dans son rêve.

Je reste sans bouger. À peine si je respire. Je voudrais me sortir du regard de Pa'. Je fixe l'intérieur de mes mains et j'attends que ça passe. Ça ne passe pas. Il ne faut pas que je regarde Pa'. Si je le regarde, il va m'accrocher. Je me mets à suer du dos.

À un moment, je ne tiens plus, je lève les yeux et je croise les siens.

Je n'aurais pas dû.

– Y a pas d'raison ! il me dit.

Pas de raison pour quoi ? Les mots bourdonnent dans ma tête. Mam' dit qu'il faut toujours réfléchir avant. Envisager.

Envisager, je ne sais pas.

– Viens avec moi.

Je me traîne dans l'ombre de Pa'. La vie, c'est ça, les plus forts entraînent les plus faibles, on n'y peut rien.

Quand on arrive devant les cages, Pa' décroche le fouet. Il me le met dans les mains.

– Tu évites juste de leur tourner le dos.

C'est comme ça quand on n'envisage pas. Les choses nous tombent dessus sans qu'on ait pensé qu'elles puissent arriver.

– C'est le baptême, il me dit.

Il me pousse dans la cage et il referme derrière moi.

– Tu as une heure.

Une heure dans la vie d'un homme, c'est rien, mais dresser les tigres, je ne peux pas. Même les aimer, c'est impossible. Maintenant que je les ai en face, c'est encore autre chose. J'ai ma vie à sauver.

Je me mets à trembler.

Bientôt, je lâche le fouet. J'ai le dos aux barreaux, les tigres qui me tournent autour. Ils s'approchent, ils me reniflent le bas des pantalons.

Je compte le temps, les secondes. Cinq minutes, c'est l'éternité.

J'ai une heure.

J'arrête de compter. Je fixe les mâchoires, l'écume blanche sur les dents.

Je ramasse le fouet.

À la fin, les tigres ne font plus attention à moi. Ils se couchent et ils s'endorment la gueule au soleil.

Je n'ai même pas honte. Je m'assois aussi. Je finis par allonger les jambes.

J'attends que l'heure passe.

Quand Pa' revient, c'est comme ça. Sans plus. Les tigres couchés. Endormis.

Pa', il a des idées pour moi mais ses idées, ça ne marche pas. Il est obligé de renoncer.

Il ouvre la grille et je sors. Je sens son regard de pitié quand je passe devant lui.

Chicot, je le retrouve dehors, à genoux dans ses fleurs. Quand j'arrive, il lève les yeux.

– Comme ça, il ne t'y recollera pas, il dit en me tendant une canette. Dans la canette, il y a de la bière.

– Les tigres, moi non plus je n'ai jamais pu.

D'un coup, ça me rassure de l'entendre dire ça. La bière est froide, mousseuse comme j'aime.

– T'as jamais dompté ? je demande.

– Non, jamais.

Il creuse à la main dans le mouillé de la terre.

– Le soleil d'automne, c'est bon pour les fleurs, il dit.

Ses mains, dans la terre de l'oncle Jo. Ses ongles.

– Tu fais quoi ? je demande.

Je dépote.

Il montre les pots vides.

– Je mets les plantes en pleine terre si tu veux…

Avec Jo dessous.

La mort et les racines.

– Les fleurs vont crever, je dis.

– Pourquoi tu veux qu'elles crèvent ?

Je ne veux rien. Simplement pouvoir regarder pousser les fleurs sans penser à ce qu'il y a dessous.

Je fixe la terre. Les fleurs.

Les fleurs vont grandir des racines jusqu'à toucher le carton. Elles vont traverser le carton.

Avec ses mains, Chicot lisse la terre. Il écrase les mottes.

– Il ne faudra pas les cueillir. Jamais.

Le carton ça prend l'eau, ça pourrit. Même les arroser, je ne pourrais pas. D'un coup, j'ai les images. Je me sens devenir froid.

– C'est idiot tes fleurs, je dis, on va partir…

Chicot lève les yeux sur moi.

– Et alors ?

Alors rien.

En attendant, l'heure d'après, on a quelques visites. Des gens qui s'arrêtent pour voir les tigres, la guenon. Même l'oiseau on le montre. Pa' fait des tours de jongle avec les quilles. Mam' fait cuire des beignets dans le bac à friture. Les sardines, personne n'en veut. On ne les sort même pas.

Le soir, dans la caisse, on a de quoi manger, faire réparer le pneu du camion. Acheter des graines pour l'oiseau.

Chicot montre le cirque, l'étendue vide.

– Cinq cents personnes par jour on avait avant. Des familles entières qui sortaient des voitures, fallait voir…

– Tu nous emmerdes avec tes souvenirs ! elle dit Mam'.

Chicot hausse les épaules.

– T'es pas une Pazzati, tu peux pas comprendre.

Cinq cents personnes par jour ! Quand j'entends ça, j'attrape la pancarte et je retourne sur le périph'.

Cinq cents personnes ! Déjà vingt, ça serait pas si mal.

Je soulève la pancarte. Partir, ça devient aussi mon idée. Les voitures me frôlent. Je me fais klaxonner. Je reste quand même.

Tant que je suis là je ne pense plus à l'oncle Jo ni aux fleurs qui poussent sur la butte des morts.

Dans le couloir de l'hôtel, il fait noir. J'avance en me tenant au mur, sans respirer. Arrivé au bout, j'appelle, je crie le nom de Zaza.

Zaza dit que le mendiant n'est pas méchant, qu'il n'est même pas aveugle.

Je ne la crois pas.

J'ai peur de lui même quand il n'est pas là.

Je pousse une porte et puis une autre. C'est vide partout, des pièces sans lit, sans chaise, sans rien. Quand j'appelle, ça résonne.

Je regarde l'escalier. Je finis par monter en m'accrochant à la rampe. Quand j'arrive en haut, j'appelle encore. J'ouvre toutes les portes.

Zaza, je la trouve couchée sur un matelas dans une pièce du fond. Ses yeux sont ouverts mais elle ne me voit pas. Je suis sûr de ça.

– Zaza ? je lui crie en me jetant dessus.

Parce que je la crois morte.

Quand elle me voit, elle se redresse et elle secoue la tête. Le sommeil lui a gonflé la peau sous les yeux. On dirait des poches.

– 'onjour…

– Putain, tu m'as fait peur ! je dis.

Elle sourit. Ses yeux, c'est comme deux fentes de chat, avec la mer dedans.

– Je t'ai crue morte.

J'en bave, debout à côté du lit.

– Je do'mais… elle dit en bâillant.

– Tes yeux, ils étaient ouverts !

Je suis en colère. Je lui prends la main et je l'écrase. On a tous un démon en soi. Moi, mon démon, c'est ma peur. Je lui prends le bras, je lui prends la tête, le ventre. Je la mords au sang.

Zaza attend que je me calme. Après, elle se lève, elle sort dans le couloir, pousse une autre porte.

– 'e vais te mont'er quel' chose.

C'est une chambre comme les autres, sauf que dans celle-ci, posé au milieu, il y a un fauteuil.

Un fauteuil pour handicapé. Avec des grandes roues et un dossier en plastique.

– Qu'est-ce que ça fait là ? je demande.

Zaza hausse les épaules. Quand elle s'assoit dedans, la poussière vole.

– Main'enant, 'u peux pousser.

Le plancher, c'est du bois, des lattes lisses. Les roues glissent. Elles laissent des traces derrière nous, on dirait des circuits. Je commence par faire des tours dans la chambre, bientôt je cours derrière, je dérape et je me rattrape.

On sort dans le couloir et on fait des allers-retours sur la grande travée.

Après, on change. C'est Zaza qui pousse. Ça va moins vite mais on rit quand même.

Quand Zaza est fatiguée, on s'arrête.

– La p'ochaine fois, on 'e descend et on va jouer deho's.

Je regarde les marches, la hauteur.

– Descendre le fauteuil, t'es malade ?

Elle sourit.

– Ouais…

Je retourne dans la chambre et je me laisse tomber sur le matelas. Les bras en croix comme le Jésus crucifié de Mam'.

– On va se foutre la gueule en l'air, c'est lourd un machin comme ça !

Je me redresse sur un coude.

– Tu te rends pas compte toi.

Je la regarde, ses yeux, sa tête penchée. Les taches de rousseur autour de son nez.

– D'accord, je lui dis, on le fera.

Elle vient se coucher à côté de moi.

– On pou'ait même aller 'ouler sur les 'ails du t'ain.

– Les rails du train, rien que ça ! Et pourquoi pas aller à la mer pendant que tu y es ?

Elle ne répond rien mais je sens sa main qui glisse sur la mienne dans la poussière du plancher.

– Pou'quoi pas, elle dit.

Dans la caravane de Chicot, il y a des calendriers avec des proverbes. J'essaie de les retenir, dix de suite. Je n'y arrive pas. Je recommence.

Après, je me mets le nez dans la buée du bol. Avec ma cuillère, je récupère la peau et je l'écrase en tartine sur du pain sucré.

Je regarde Chicot par-dessus la buée.

– C'est bon, je dis.

Il se retourne.

– Tu parles si c'est bon !

D'un coup, je pense à la guenon.

– J'aime trop la guenon.

Chicot s'assoit en face de moi avec son bol plein de café.

– On n'aime jamais trop, fils, souviens-toi de ça.

– Oui, mais une guenon…

– Et alors ?

Alors rien. Je bois le lait en cherchant le sucre au fond. Je mange trop de sucre, à force ça me bouffe les dents.

– Je lui lèche la langue, je dis en relevant à peine les yeux.

Chicot me regarde, étonné.

– Tu fais ça ?

– Ouais…

Il se gratte la tête.

– C'est dégueulasse, il dit.

Il boit son café à la cuillère.

– Mais pourquoi pas…

Il essuie sa lame sur son pantalon, coupe une tranche de pain.

– L'oncle Jo, il a fait pire un jour. Avec une chèvre.

– Il lui a léché la langue ?

Chicot a un petit rire de côté.

– On peut dire ça comme ça…

C'est la première fois qu'on reparle de l'oncle Jo en riant. Un moment, on est gênés.

On rit un peu plus fort et puis on y va carrément. Bientôt, on en pleure.

– Je vais récupérer son saxo, je dis en m'essuyant les larmes.

Un moment, Chicot ne bouge plus. Il me regarde. Je crois qu'il est content de m'entendre dire ça.

Après, il se lève et il me tourne le dos. Il lave les bols.

Je reste tout seul à la table. Je prends un papier et je fais la liste de mon entourage.

Je commence par écrire le nom de Mam'.

J'écris aussi le nom de Chicot, de Pa' et de Sam. Je regarde par la fenêtre, le chapiteau, l'hôtel, le périph' et tous les camions qui roulent dessus. Je vois Pa' sur le devant de la caravane, Pa', un moment immobile et puis qui traverse le camp.

L'oiseau est devant la caisse. Il bouge les ailes, un peu seulement. Pas de quoi s'envoler.

– Tu crois qu'il va partir ?

Chicot regarde par la fenêtre avec moi.

– Pas encore, mais il le fera. Pour le moment, il reprend ses forces.

– Peut-être qu'il ne s'envolera pas ? Qu'il restera avec nous ?

Chicot lâche le rideau. Il arrange les plis, le napperon sous la radio. Il met son tablier et il commence à frotter dans ses casseroles.

– Il s'envolera.

– Ça sert à rien alors.

– Qu'est-ce qui ne sert à rien, Dan ?

– De s'en occuper… D'y penser quoi ! S'il doit s'envoler. Moi je n'ai pas envie de l'aimer pour qu'il parte.

– Justement.

– Justement quoi ?

– Il faut l'aimer parce qu'il va partir. C'est ce qui rend vivant. Aimer, malgré tout. Sans rien attendre.

Chicot fait couler du produit de Javel dans le fond de sa bassine. Il ajoute de l'eau.

– Et puis tu sais, les sentiments, on les économise, on croit que ! Après, quand on devient vieux, on ne sait plus. On a perdu le chemin. C'est pour ça, ta guenon, tu peux la lécher tant que tu veux…

Je reviens vers la table. Je prends un torchon, j'essuie les bols.

– Tu crois qu'on va vivre tranquilles maintenant ?

Chicot hausse les épaules.

– Qu'est-ce que tu veux que je te dise ? J'en sais rien… Il faudrait que ton père arrête ses conneries.

Je gratte autour du placard, dans la boîte à biscuits.

– Avant, Sam, il allait nous chercher à manger, je dis.

– Ça reviendra, te bile pas.

– Tu te rappelles le jour où il a ramené une bassine pleine de moules. Il n'a jamais voulu nous dire où il les avait trouvées.

– Je me rappelle.

– Après, on a tous eu mal au ventre.

– Ouais… On a passé la journée pliés derrière les buissons.

– Chicot ?

– Mmm…

– J'aimais bien avant.

Chicot soupire.

– Je sais.

– Chicot ?

– Mmm ?

– Tu crois que ça va revenir, avant ?

Chicot me regarde et il fait non avec la tête.

Moi, les camions des Pazzati, je croyais qu'on ne devait pas y toucher. Jamais. Pourtant, le fourgon, ils le vendent. De comprendre ça, j'ai la colère qui monte. Je dévale le talus. Quand j'arrive, je bute contre les jambes de Mam'.

Pa' est près du fourgon, il parle avec un homme.

La guenon, ils l'ont mise au milieu du terrain avec la bâche, mes affaires, la grosse caisse et tout le bazar qu'il y avait à l'intérieur.

Je fonce sur Pa'.

– Tu n'as pas le droit de faire ça, je dis.

Je gueule sans réfléchir, parce que je vois le fourgon vide et que ça me bouffe du dedans.

La baffe, elle me tombe dessus comme une ombre.

Une baffe énorme.

Une main de tueur.

Je lèche la terre. Je m'en fous, j'ai l'habitude. Je reste quand même sonné. Quand j'ouvre les yeux, j'ai du sable dans la bouche. Je vois tout à ras du sol, les roues, la bâche, les souliers de l'homme.

– C’est pas cher payé ! dit Pa’ en comptant les billets.

Il hausse les épaules.

– Y a le compte, mais ça fait pas grand-chose, il dit en regardant le fourgon. À peine le prix des pneus.

– C’est qu’un tas d’ferraille ! dit l’homme en donnant des coups de pied dans les roues. Le plancher est bouffé par la rouille et je vous parle pas du moteur.

Il me regarde et il rajoute deux billets. Deux, c’est tout.

– Et puis il n’a pas de papiers ce fourgon, faut pas oublier.

Il garde les clés.

– Je viendrai le chercher quand le pylône sera dégagé. Une question de jours.

Chicot, c’est le seul qui ne dit rien. Il reste à l’écart avec l’oiseau.

– Maintenant, pour dormir, je fais comment ? je demande en montrant mes affaires.

– Tu as le camion des tigres, elle dit Mam’. Le coin de paille ou alors la cabine.

– Pa’ ne veut pas de la guenon dans la cabine.

– Alors, tu as la paille.

Tout l’après-midi, je trimballe mes affaires, la bâche, les couvertures, la grosse caisse. Je me pousse au plus loin des cages à cause de l’odeur.

– Tu respires sans y penser, elle dit Mam', après tu t'habitues.

On s'habitue à tout.

Des fois, on croit crever, on ne crève pas.

– Tu peux aller dormir avec Sam, si tu veux.

Dans le lit de l'oncle Jo, sûrement pas, et puis Mam' le sait, si je n'ai pas ma guenon avec moi, je suis perdu.

Sam nettoie le moteur de la Mercedes. Avec Chicot, ça nous fait du bien de le voir faire ça. Remettre ses mains dans le cambouis pour revivre sa vie d'avant.

Ça lui prend le matin de passer partout et de changer les bougies.

Je le regarde faire. Quand il a fini, je passe sous le chapiteau. Je monte tout en haut des gradins, au dernier rang, le coin le plus sombre. Je me couche sur le banc. Je ferme les yeux. Je pense au saxo de l'oncle Jo. J'y pense tellement fort que je l'entends. Je sors le foulard et je respire dedans. La sueur en boule. Gardée. La poussière. Mam' dit que la poussière garde la mémoire des choses vivantes. Dans sa caravane, il y en a beaucoup. Sur les meubles, sur les chaises. Elle dit que toute sa mémoire est là. Quand elle est triste, elle fait des dessins avec son doigt et c'est tout le passé qui lui revient.

Moi, la poussière, ça me fait éternuer. Un jour, le docteur est venu, il a dit à Mam' de nettoyer. Que ce n'était pas bon pour moi de respirer là-dedans. Le docteur a raison, la poussière, ça m'arrache les poumons. Quand je suis dans la caravane de Mam', j'ai la gorge en feu.

Le visage de l'oncle Jo, je l'ai oublié. Ses yeux, ils étaient marrons mais je ne les vois plus. Même quand je ferme les miens.

Sa musique, je m'en souviens.

C'est pour ça, un jour, j'irai chercher le saxo. Je suis heureux de ça. Je ferme les yeux et je sens la musique qui me vibre dans le ventre. Le bonheur, ça ne dure pas.

Quand Pa' me voit sans rien faire, il me demande de descendre et il me fait ratisser la piste.

– Pas un caillou, rien !

Je ratisse en regardant Mam' sur le câble.

Après, j'entends klaxonner. C'est Sam qui revient. Dans le coffre, il ramène une cuisse de mouton pliée dans un drap.

– Il faut du bois, il me dit.

Je cours chercher des cageots.

– Tu vas où ? elle me demande Mam'.

– C'est Sam, il a une cuisse de mouton !

– Sam ? C'est bien, elle dit en s'épongeant le cou.

Mam', elle aurait pu être championne du monde d'équilibre sur la tête. Une fille l'a battue de quelques secondes. Elle s'entraîne encore mais elle ne participe plus.

– Tu m'appelles quand c'est prêt d'accord ?

Elle remonte sur son câble.

– D'accord, je dis en riant.

Sam, il est grand, il est maigre et il a encore maigri depuis la mort de l'oncle Jo. Je ne sais pas s'il a oublié la musique du saxo. Je n'ose pas lui demander.

Mam' dit que l'oncle Sam a semé des enfants partout dans le monde. Dans tous les pays. Même dans les bateaux, sur les océans. Je ne sais pas si les enfants de l'oncle Sam sont aussi des Pazzati. Je crois que le fait d'être éloigné fait perdre la force du nom. Que je suis le seul survivant.

– Sam ?

– Mmm ?

– Est-ce que la guenon, elle fait partie de mon entourage ?

Sam relève la tête.

– La guenon ? Quelle question !

Il écrase le cageot sous son talon.

– Pourquoi pas…

– Et Bagra ?

– Bagra, c'est différent, c'est un tigre ! Un tigre, ça peut tuer un homme.

Je regarde le talus, le gras de la terre autour des violettes.

– Et les morts ?

– Quoi les morts ?

– Ils font partie de l'entourage ?

– Qu'est-ce que tu veux que je te dise, j'en sais rien moi !

Il attrape la cuisse et il l'embroche sur la tige de fer. Il pose la tige sur les deux fourches et il commence à faire tourner.

– Les morts…

Il se gratte la tête.

– Tant qu'on ne les oublie pas, je pense que oui.

Je suis content d'entendre ça. Je sors le papier de ma poche et j'ajoute le nom de l'oncle Jo.

– Tu veux savoir autre chose ?

Je pense à Zaza, aux pierres dans la bouche de l'oncle Jo.

Les yeux, les oiseaux les ont mangés, ça se passe forcément comme ça dans la nature des fossés.

Ou alors les rats d'eau.

Pa' fait ce qu'il peut mais il ne peut pas tous les tuer. Il en reste. Forcément.

Le gigot est épais, long à cuire. La fumée me brûle les yeux. Maintenant, l'oiseau me connaît. Quand je m'approche, il ne cherche plus à s'enfuir. Il reste sous son abri.

Il regarde le ciel, l'immensité. Chicot dit qu'il pourrait s'envoler s'il voulait mais qu'il ne le fait pas.

Je m'assois à côté de l'oiseau. Je regarde ses plumes, son grand cou blanc. Le fond de ses yeux. Ses yeux sont jaunes, son bec doré, c'est à cause du soleil, il vole trop près.

Je caresse les plumes de l'oiseau. Je touche le bec. Je lui donne des graines à la main. Des mouches écrasées.

Je sens l'odeur du gigot.

Sam récupère le jus et il mouille la viande par-dessus.

Il faut une heure, peut-être deux. J'ai la faim au ventre. En tenailles.

– Ça sent trop bon…

Sam me coupe un morceau dans le meilleur. Le dessus, grillé, brûlant. Il me le tend avec la pointe de son couteau. Je mange. Je me garde le goût sur la langue.

Dans le bac, le jus coule épais, noir. Je trempe du pain. C'est tellement bon, j'en bave.

Sam me regarde, il hésite et il va gratter avec son pain dans l'épaisseur du jus.

– Putain c'est bon ! il dit.

On commence à rigoler. À cause de la graisse, du sel et des morceaux d'ail écrasés. Chauffés. Fondus. Du jus qui coule.

C'est la première fois que Sam sourit depuis la mort de l'oncle Jo.

Je lui donne mon pain.

– Mange, Sam, mange…

Il mange. Le jus. Le pain. L'ail noir sur le pain.

De blanc, il devient vivant.

– Mange, Sam…

Après, on se retrouve tous et on coupe directement dans la viande des tranches épaisses qu'on mâche en se regardant. On mange tous à plus faim pour le plaisir de voir Sam.

Le soir, avant de m'endormir, je pense au cirque. À travers les barreaux, je vois les lettres d'or, « Cirque Pazzati ». Les yeux fermés, je les vois encore. Elles se mêlent au bruit du saxo et à l'odeur de la guenon.

Je sors le papier de ma poche. Il est froissé. Je le déplie sur ma cuisse et j'ajoute sur la dernière ligne le nom de Zaza. Je repasse dessus pour que ça ne parte pas.

Ensuite, je prends la guenon contre moi et je plonge mes yeux dans les siens.

Le fauteuil, on le fait descendre comme on peut. Il cogne dans l'escalier. Un moment, on manque le lâcher.

Sur la terre, ce n'est pas aussi simple que sur le plancher. Quand Zaza monte dedans, les roues s'enfoncent. Une fois parti, ça va. On file en descente sous le pont et de là, on rejoint le transformateur, le sentier qui mène à la gare. Au talus, on n'avance plus. Zaza doit descendre et marcher.

Arrivés aux premières barrières, on s'arrête et on regarde. Les panneaux de danger, on leur tire dessus avec des pierres. On trouve un passage, un coin de grillage découpé. Les rails sont derrière.

Zaza est plus folle que moi. C'est elle qui décide. Elle choisit un endroit en pente. Des trains, il en passe. Toutes les cinq minutes. On s'assoit dans l'herbe et on en regarde passer quelques-uns. Après, on se décide. On pousse le fauteuil sur les rails. Dans l'axe. Zaza s'assoit et je commence à pousser. Le but, c'est d'aller jusqu'au panneau en croix. Cinq minutes c'est suffisant. À condition d'aller vite. Je n'ai pas les muscles de Pa'. Au début, ça avance doucement. Et puis j'ai la trouille. La trouille, ça bloque.

Si un train arrive, je ne sais pas ce que je fais. Je peux mourir avec Zaza. Je peux aussi me jeter sur le bord, sauver ma peau et la regarder s'écraser.

Avec la descente, ça va plus vite. Bientôt, je peux courir. Zaza s'accroche et je l'entends rire. Les secousses, ça la casse. À force de serrer les poignées, mes mains c'est des plaies.

– S'il vient un train, je fais quoi ? je gueule dans son dos.

Elle ne répond pas.

Chacun sa vie, son destin. Mon destin, c'est le panneau, pas plus loin. J'ai le soleil en face. Mes pieds butent contre les barres. Je cours. Si je m'affale, je suis mort.

– On pourrait s'arrêter avant le panneau !

Le train, il peut venir de derrière ou de devant, je n'en sais rien. De toute façon, il arrivera tellement vite que je ne l'entendrai pas.

La sueur me coule dans les yeux, je ne vois plus rien des rails ni du panneau. Un moment, je pense à ce qui va se passer si deux trains arrivent ensemble. Après, je ne pense plus. Je pousse. Je franchis la ligne. Le panneau. J'empoigne Zaza, le fauteuil, et je les sors de là.

– On 'a fait… elle dit Zaza en se frappant dans les mains.

Je n'ai pas le temps de lui répondre. Le train arrive. De face. Un rapide. Quand il nous passe à côté, l'air manque nous avaler. Au plus fort, on se bouche les oreilles avec nos mains.

– On est des survivants… elle dit Zaza en riant.

Des survivants, elle n'a pas tort.

– Tu as eu peu' ? elle demande.

– Non…

Je me laisse quand même tomber dans l'herbe. Ce n'est même pas de l'herbe. Du foin. Des tiges sèches bonnes à brûler.

Zaza se laisse tomber aussi et on regarde le fauteuil, les rails, le ciel au-dessus de nous. Des trains, il en passe. Quelquefois toutes les minutes. Rien de régulier. Doucement, on commence à rire de ce qu'on a fait. Sûr, on est des survivants. Pour fêter ça, on partage les bouts de chewing-gum qu'on a dans nos poches.

Après, on se compare les jambes. Celles de Zaza sont grosses, épaisses, les miennes, c'est comme s'il n'y en avait pas. Juste de l'os. On les regarde. On les touche.

À la fin, même de ça, on en rigole.

Pa' a recommencé à jouer, je suis sûr de ça à cause des colères de Mam' et des canettes qui se remettent à voler.

Au début, il a de la chance. Il revient avec des cadeaux. Il change la télé de Mam' et il nous emmène au restaurant manger des grillades et du poulet.

Et puis la chance, il la perd. Bientôt, quand il revient, c'est comme avant. Il cogne contre les pierres, des grands coups. Il s'enferme. Il ne s'occupe plus de rien.

Un jour, il vole l'argent du fourgon. Il fait ça en cachette de Mam'. Quand Mam' comprend, il n'est plus là. Elle appelle Sam, Chicot. Elle pose l'enveloppe vide sur la table.

– L'argent du fourgon ! Il est parti avec.

Dans la caravane, ça pue la bière et le tabac froid. L'enveloppe, je pourrais la toucher si je voulais. Je ne peux pas. On attend tous que Pa' revienne. Quand j'ai faim, je mange des chips. Le reste du temps, je regarde du côté du périph'. Après, il fait trop nuit, je ne vois plus rien, juste les phares des autres voitures. Jamais celle de Pa'.

Mam', de nous tous, c'est Pa' qu'elle préfère. Elle l'aime avec tout le noir de ses yeux. Parfois, elle le regarde tellement fort qu'il est obligé d'arrêter de parler. Il ne peut pas lutter.

Elle est comme ça Mam'.

Elle ne dit rien. Elle regarde.

Ses yeux, c'est plus que la parole.

Maintenant, avec ses yeux, elle va tuer Pa'.

Mam' ne peut pas rester sans rien faire à attendre que Pa' revienne. À un moment, elle ne tient plus. Elle se lève et elle se tourne vers Sam.

– Tu me prêtes ta voiture ?

– Pour quoi faire ?

– Je vais le chercher.

– Tu ne sais même pas où il est !

– Un bar à poker, ça doit pouvoir se trouver !

Elle m'attrape par le bras.

– Toi, tu viens avec moi.

La nuit tombe. Sur le périph', les lampadaires sont tous allumés. On prend le rond-point et tout de suite après la grande avenue, la descente à travers la ville. Mam' ne ralentit pas. Elle grille tous les feux et elle s'arrête tout en bas sur un trottoir. Les magasins sont fermés. Les gens nous regardent à cause de la voiture garée sur le passage.

– Tu gardes la voiture ! elle me dit Mam'.

Elle claque la portière. Elle traverse la route et elle entre dans un café. La mer n'est pas loin. Avec la nuit, je ne vois rien mais je sens l'odeur, le froid mouillé. À un moment, je ne tiens plus. Je descends. Je m'approche d'un arbre. Je lèche l'écorce et je trouve le sel.

Quand elle revient, Mam' sait où elle va. Elle prend sur la droite une rue étroite qui monte à l'intérieur de la ville. Bientôt, on se retrouve dans des ruelles sans lumière. Juste des immeubles serrés. La voiture a du mal à passer. Mam' se gare devant la porte d'un café.

À peine entrée, elle ressort.

Après, elle change de quartier.

Des cafés, il y en a beaucoup. Quand elle ne revient pas, je me colle le nez à la vitre. Je regarde à l'intérieur. Je regarde ma montre.

– Ça sert à rien ce qu'on fait Mam', je lui dis quand elle sort.

– Pose pas de questions !

On finit par aller dans des endroits terribles, avec des hommes noirs dans des cafés sans lumière.

Mam' veut retrouver Pa' et lui faire la peau. Lui trouer le ventre pour qu'il n'oublie pas.

Elle cogne contre les grilles.

– Ton père, c'est un putain de Rom, j'lui couperai les deux mains. Les couilles aussi.

Elle m'attrape par le bras, me secoue.

– Et toi, si un jour tu fais une connerie, je te fais la même chose, compris ?

Je comprends. Je ne bouge pas.

Elle reprend la voiture, elle roule. Sur un papier, elle a une adresse, un endroit en bord de route derrière les entrepôts.

– Le dernier, elle me dit.

Elle trouve l'endroit.

Je l'attends.

J'entends les bruits des bateaux qui quittent le port. La sirène des paquebots. J'ai sommeil. Je m'endors. Quand je me réveille, j'ai froid. Je me traîne jusqu'au café et je vois Mam'. Elle est au comptoir. Elle rit et elle boit avec les hommes. Je toque au carreau mais elle ne m'entend pas.

Je retourne dans la voiture, je me roule sur la banquette et je m'endors.

Quand je me réveille, je suis dans un endroit que je ne connais pas. Une rue vide avec la voiture posée au milieu. Mam' n'est plus là. J'ouvre la portière et je l'entends gueuler quelque part dans la nuit.

Elle dit qu'elle veut quelqu'un pour la violer, pour la tuer ou lui faire un enfant.

Ses cris, ça fait ouvrir les fenêtres aux étages des maisons.

Je la suis. Je ne veux pas qu'on la tue.

Quelqu'un ouvre une persienne au-dessus.

– Tu vas la fermer, vieille folle !

Mam' ne la ferme pas. Au contraire, elle en rajoute.

– Fils de pute, descends te battre si t'as des couilles.

La persienne se referme mais personne ne descend. Mam' continue de gueuler. Elle vide la bouteille. Trop vite. Ça la fait cracher. Quand la bouteille est vide, elle se retourne, elle me voit. Elle fait une grimace et elle me jette la bouteille dessus.

Avec la voiture, on traverse tous les quartiers nord. Mam' le dit, dans des quartiers à pègre, mon père, on devrait le trouver.

On roule, on ne le trouve pas.

Après, Mam' en a marre, elle arrête de chercher Pa'.

Maintenant ce qu'elle veut, c'est le maudire. Le maudire devant Dieu et devant tous les anges du ciel.

Quand elle trouve l'église, elle s'arrête. Elle se fait ouvrir de force en cognant à grands coups sur la porte avec une barre de fer.

Le curé, quand il ouvre, il est à moitié endormi. Il arrange sa soutane, ses cheveux.

– Je dois maudire, elle dit Mam'.

– Maudire, vous n'y pensez pas !

Justement, Mam' elle y pense. Elle ne pense même qu'à ça. Elle bouscule le curé et elle entre.

Le curé, il voit la barre de fer, les yeux de Mam'. Des yeux rouges comme les flammes de ses enfers. Il laisse faire. Je reste avec lui, au fond, accroché au bénitier.

– Qui est-ce qu'elle veut maudire ? il demande.

Sa voix, elle me vient de loin. Je hausse les épaules. J'ai les yeux qui se ferment. Je dors debout. Quand je me réveille, Mam' est toujours à genoux devant la statue de son Dieu. Elle a allumé des cierges, des longs, des neufs. Elle prie devant les cierges allumés.

Quand elle a fini, elle revient vers nous.

Le curé, il est pâle à cause de tout ce qu'il sait sur les malédictions. Il regarde la statue, les cierges qui brûlent. Les ongles de Mam'.

– Et un conseil, ne les éteins pas ! elle lui dit Mam' en le fixant avec ses yeux de sorcière.

Le curé fait un mouvement de tête, il regarde la porte, les dégâts. Les bougies allumées. On sent bien qu'il cherche la bonne façon de comprendre tout ça. Il s'attrape la croix autour du cou et il la serre en murmurant des choses entre ses dents. Des prières de conjuration. Quand on est dehors, il referme le verrou.

Avec Mam', on entend tourner la clé et puis plus rien. On s'en va.

Maintenant qu'il est maudit, Pa' est très malheureux. Il cogne des poings contre la caravane. Il appelle. Il veut le pardon de Mam' mais Mam' ne veut pas.

Personne ne lui parle à cause de l'argent qu'il a volé. Il reste dehors. Même quand il pleut.

– Tu ne l'aides pas ! elle m'avertit Mam' parce qu'elle voit bien que j'ai pitié.

Pa', il supplie, il s'écrase la tête contre la tôle.

Ce qu'il a fait, c'est encore plus grave que de voler des chiens.

– Je voulais me refaire pour racheter le fourgon, tu peux comprendre ça ?

Pa' il a ses muscles mais Mam', elle a autre chose et ça s'appelle le caractère.

Quand on a du caractère, on ne risque rien.

– Qu'il crève ! elle dit.

Ça devient terrible entre eux. Elle attrape le paquet de chips et elle mange en fixant l'écran.

Elle ne lui ouvre pas. Elle monte juste un peu le son pour ne plus l'entendre gueuler. Pa', il connaît Mam' depuis longtemps. Quand il entend le son, il arrête de cogner. Il marche jusqu'au périph' et il insulte les camions.

– C'est ça, elle dit, gueule, tu seras encore plus facile à tuer !

Moi, j'ai pitié, je ne peux pas m'empêcher. Quand Mam' ne me regarde plus, je sors. Je vais chercher Pa' et je le ramène au camp.

Pa' dit qu'il rendra l'argent. Tout l'argent. Qu'un jour, il nous étonnera. Qu'il relèvera le cirque des Pazzati.

En attendant, le bonheur, on ne le connaît pas.

– Alors fils, il me dit quand il me voit au fond du camion. Il s'avance. Il me parle. Presque il me sourit. Je sens son odeur, celle de ses pantalons, de sa sueur. Je serre la guenon contre moi.

– Alors fils, comment ça va ?

Il caresse la tête de la guenon, il fait ça mal, obligé. La guenon, je sais, il ne l'aime pas.

Avec sa main, il me redresse le menton.

– Qu'est-ce qui ne va pas ?

Je n'ai pas envie de parler. J'attrape un chiffon et je commence à frotter les barreaux de la cage. Cinq cents personnes par jour il y avait avant. Des tigres, des éléphants. Je crache pour faire briller.

– Je suis pas ton fils, je dis.

Pas assez fort pour que Pa' entende.

Je répète.

– Je suis pas ton fils ! Je suis le fils de personne…

Le chiffon à la main.

Pa' sourit.

– Et alors ?

Alors rien. Un père, c'est autre chose. Forcément.

Je continue de frotter, les larmes me coulent des yeux, je n'y vois plus rien. Moi, j'aurai jamais d'enfant. Je frotte quand même. Les larmes se prennent dans le chiffon, laissent des traces sombres.

Pa' s'approche.

Il me prend le chiffon des mains.

Je ne peux rien faire contre Pa'. Je reste, le menton tremblant, les bras trop longs, trop maigres. Je ne grandis pas. C'est ça les garçons, elle dit Mam', des os qui poussent sans rien autour.

Je pense à l'oncle Jo, à tout ce soleil qui lui tombe dessus. À l'argent que Pa' a volé.

Pa' est un Rom, un voleur, c'est Mam' qui le dit. Un putain de Rom. Il me prend contre lui. Il me passe la main dans les cheveux comme il fait à Mam' quand il l'aime doucement.

– Il faut que tu parles à ta mère, que tu lui dises que je ne suis pas un salaud. Toi, elle t'écoutera…

Sa main c'est comme un étau autour de mon crâne.

– J'ai pas fini ! il dit. Tu lui expliqueras pour qu'elle te croie. Tu feras ça pour moi, hein, tu feras ça ?

Je fais oui avec la tête.

– C'est bien…

Il ne me lâche pas.

– J'ai besoin d'un peu de fric… Tu peux comprendre ? La chance est en train de revenir et quand la chance revient, il ne faut pas la laisser filer… Avec ce que je vais gagner, on remontera le cirque, tous les deux ? Tu es d'accord avec ça ?

Je sens sa main qui glisse le long de ma cuisse. Dans ma poche.

– Toi aussi t'es un Rom, un Rom comme moi, pas vrai ?

Sa main fouille. Trouve les billets.

– C'est pour ça que t'es mon fils.

Il compte les billets.

– Chiale pas, j'te les rendrai.

Je chiale pas. Je voudrais être ailleurs, avec de la terre plein la bouche. Des pierres.

– Et tu mouftes à personne d'accord !

Je n'ai pas besoin de répondre. Pa' sait que je moufterai pas.

– Fous le camp maintenant.

Je ne peux pas bouger.

– Fous le camp, t'entends !

J'entends. Je dévale les marches comme je peux. En bas, je me cogne contre les jambes de Chicot.

– Où tu vas si vite ?

Où je vais, je n'en sais rien. Je traverse le camp, je cours vers les fossés, le long du chemin. Je n'y vois rien à cause des larmes qui me coulent dessus, en rigole. Quand je n'en peux plus de courir, je me laisse tomber dans un trou, contre un pilier.

Dans la terre, c'est là que je vais.

Quand Chicot me trouve, je suis un mort vivant. Il passe une heure à me sortir de là. Quand il me remonte à l'air, je suis une loque.

– Vous mentez tous ! Le cirque des Pazzati, c'est plus rien !

J'en bave.

– Ça sert à quoi que j'apprenne à jongler hein, tu peux m'le dire ?

Ça me sort de partout. Je regarde le trou, j'ai envie de m'enterrer.

– Qu'est-ce qui t'est arrivé ?

D'un coup, je ne supporte plus ses yeux, son air de toujours s'apitoyer.

– T'es qu'un sale pédé ! je dis.

Soudain, dans ma tête, il fait noir. C'est ma vie qui se fend.

Je tends la main, la paume.

– Pardon Chicot…

Je murmure.

– Pardon…

Mais Chicot ne pardonne pas. Il reste un moment, comme étonné, et puis il recule. Il s'en va. Je vois son dos plié, son pas lent. La honte, c'est la pire des odeurs. Elle me colle. Je la transpire.

J'attrape la terre avec mes doigts, je me remplis la bouche, c'est mouillé, amer. Il n'y a pas de pardon possible. Je me chiale dessus. Je me force à avaler, je gratte avec les ongles en continuant de chialer.

Je mâche ma honte.

J'ai envie de vomir. Je ne vomis pas. J'avale.

Je m'enterre du dedans.

Tant que je vois le dos de Chicot et même après quand il a disparu. Longtemps après.

Je m'enterre.

Vivant.

Je ne sais pas combien de temps je reste dans le trou. Quand je ressors, je suis incapable de regarder droit. Je me traîne jusqu'au camion en rampant des yeux sur la terre. Je longe les cages. Les tigres dorment, ils ne font pas attention à moi.

Quand je vois le seau, je m'arrête. Le seau, dans un coin, contre les bottes de paille. À l'intérieur, quelques morceaux de viande. J'avance la main. Le morceau est froid, sec. Je l'approche de mes lèvres. Une viande comme celle-là, ça peut crever un homme, je le sais. Chicot me l'a dit.

– De la viande d'abattoir, tu n'y touches pas !

Les cadavres des bêtes, je les ai vus, couchés, raides dans les bennes. De la viande à brûler.

Ou à donner aux tigres.

J'enfonce les dents. Le dégoût, ça me sèche la langue. C'est une viande crue, sanglante au milieu. Je pourrais cracher. Au lieu de ça, je mâche. J'avale. Je recommence, un morceau et puis un autre.

Plus je mange et plus la honte m'envahit. Elle fait un grand trou au fond de moi. Je plonge la main et le trou s'agrandit.

Après, je regarde mes mains et je me sens trembler. Sûr, je vais crever. Je cours me mettre la tête sous le robinet. Je me rince la bouche, les dents. Le fond de la gorge. Je regarde du côté du périph', les abattoirs, la grande cheminée en briques. Le soir, je me mets à suer. Je passe la nuit assis, à m'écouter mourir.

Je ne meurs pas.

Quand le jour se lève, je suis vivant. Je retourne sur la route avec mes pancartes. Je me mets en travers. Les camions ne ralentissent pas.

– Ça sert à rien ce que tu fais, il me dit Chicot en s'approchant. Même si on avait du monde, on n'a pas de spectacle à montrer.

Il attrape la pancarte et il la jette dans le fossé.

– Je ne veux plus que tu fasses ça. Tu peux te faire tuer.

– Je m'en fous…

Il me pose la main sur l'épaule.

– Toi, peut-être, mais pas moi.

Il appuie avec sa main sur mon épaule.

– Pas moi, t'entends ?

J'entends.

Je le regarde.

Chicot, il a pardonné. Mais il n'a pas oublié.

À cause de moi, il est devenu vieux.

Prendre sur la part des tigres, ça devient une habitude. Maintenant, je tranche au couteau, dans le saignant. La viande est froide. Je garde les morceaux dans ma poche, roulés dans du journal. Ou directement sous mon pull, contre la peau.

J'attends le soir et je les fais griller dans le feu. Je fais ça en cachette, sur les piques de Sam. Les tranches sont fines, elles cuisent vite. Quand elles sont cuites, je les emporte et je les mange en secret au bord du fossé. Tapi comme un voleur.

À travers les buissons, je vois les lumières, j'entends la télé de Mam'.

Je vois l'hôtel, le camp.

Je vois la fenêtre où dort Zaza. Avec le miroir, j'essaie d'attraper les rayons de lune. Ça ne marche pas.

Après, je sens les premières gouttes. Chicot le dit, l'été est fini. En cinq minutes, dans le camp, ça devient une immense flaque de boue. Quand je rentre, je suis trempé.

Il pleut toute la nuit. Au matin, les fleurs sont englouties. L'abri de l'oiseau n'a pas tenu. L'oiseau, on ne le retrouve pas.

Avec Chicot, on regarde le ciel.

– C'est aussi bien comme ça, il dit.

Moi, j'aurais préféré que ça se passe autrement. Un jour de grand soleil.

– Les choses ne se passent pas toujours comme on veut, dit Chicot.

On se glisse sous le chapiteau.

Avec l'orage, la bâche s'est déchirée. Chicot grimpe le long du mât. Il fait ça en tenant l'adhésif entre ses dents. Il n'arrive pas à réparer aussi bien qu'il voudrait. L'eau coule, elle glisse le long de la toile. Il n'y a plus d'endroits justes pour poser les bassines.

Avec Sam, on passe la matinée à sécher les bancs.

– Qu'est-ce qui te ferait rêver toi ? il me demande.

Je hausse les épaules.

– J'sais pas…

– Tu as raison, on ne peut pas rêver dans un endroit comme celui-là, avec cette pluie partout et la bâche qui ne retient plus rien.

– Il pleut pas souvent… je dis.

– Oui, mais quand il pleut.

Il continue de frotter.

– Sam ?

– Mmm ?

– Tu crois qu'ils vont venir nous l'enlever le pylône ?

Sam secoue la tête.

– J'en sais rien…

– Sam ?

– Quoi ?

– J'aimerais bien avoir une maison en dur.

Sam se redresse, il lâche son chiffon.

– Tu peux pas vouloir ça…

– Une maison avec des briques, un toit.

– Dan, t'es un Pazzati !

– Avec un portail et un chien.

Sam, ça le laisse muet de m'entendre. Il s'assoit et il reste un bon moment à tourner son chiffon dans ses mains.

– Tu veux que je te dise ce que je pense ?

Je ne sais pas si je veux. Je ne crois pas. Je fais non avec la tête. Après, je regrette.

Je regarde les yeux de Sam mais Sam ne me dit plus rien.

L'oiseau, on le retrouve sous la caravane de Mam'. Blotti contre la roue. Avec Chicot, on est tellement contents, on passe une heure à le regarder. On lui remet ses gamelles, l'eau, les mouches crevées. On lui trie les meilleures graines.

À la fin, on ne sait plus quoi faire pour qu'il soit heureux. Quand elle voit l'oiseau, Mam' se met à rire.

– Vous l'avez retrouvée votre volaille !

Elle se tourne vers Chicot.

– Ça doit pouvoir se bouffer un truc pareil !

Chicot ne répond pas. Il se lève et il retourne s'enfermer dans sa caravane. Mam' hausse les épaules.

– Il devient vieux, vieux et susceptible. C'est le pire.

Elle prend sa place sur la pierre et elle regarde l'oiseau. Elle réfléchit.

– Deux pattes, des plumes, un bec : c'est une volaille, elle dit. Et la volaille, ça se mange.

Après, elle attrape des graines dans le sac et elle croque dedans. Elle crache la peau.

– Mam', est-ce que c'est Dieu qui a inventé l'oiseau ?

– Celui-ci et tous les autres, mon fils.

– Et Zaza ?

– Quoi Zaza ?

– Est-ce que c'est Dieu qui a inventé Zaza ?

Mam' écarte les mains.

– Qu'est-ce que j'en sais… Oui, sans doute. Mais il devait être sacrément fatigué le jour où il a fait ça !

Mam' se met à rire.

– Il a dû perdre des pièces et remonter à la va-vite. Elle a le fond du plat un peu collé tu crois pas ?

Non, je ne crois pas.

– Fais pas cette tête !

Elle se colle à moi. Elle pense aux mains de Dieu en train de fabriquer Zaza.

– Sacré Dan ! elle dit.

Elle me regarde sans s'arrêter de rire. Elle a les cheveux qui pendent, avec ses foulards, ses colliers. Son odeur de Mam' enfouie dans sa peau.

– Mon fils…

Mon amour, ma vie, elle va le dire. Elle dit toujours ça après mon fils.

Je ferme les yeux. J'attends. Presque j'en tremble.

– Mon fils, mon amour…

Elle me prend contre elle, à m'étouffer.

J'ai peur de puer. D'avoir de la terre dans les cheveux.

– Mon amour…

Elle le dit. J'oublie Zaza, l'oiseau, et je me laisse fondre dans l'odeur de Mam'.

– Ma vie…

D'un coup, elle redevient Mam'.

Je pourrais m'arrêter de respirer. Comme quand j'étais au-dedans d'elle. Qu'elle me nourrissait, que je n'avais pas besoin d'autre chose pour vivre.

Simplement être dans Mam'.

Je voudrais lui caresser le ventre comme je caresse celui de la guenon. Y plonger ma figure. Mes mains.

Des fois, je voudrais être Pa'.

– Mam' ?

– Oui.

– Je l'aime bien Zaza.

Elle me caresse la tête avec ses mains.

– Moi aussi, ça n'empêche pas…

Zaza, ce n'est pas une femme, ce n'est pas un monstre. C'est autre chose.

Ce n'est pas un homme non plus.

La nuit, quand il fait chaud, elle dort dehors, sur des cartons. Elle n'a peur de rien. Juste des garçons en bande qui veulent la tuer. Elle le sait. Elle me l'a dit. C'est pour ça qu'elle ne s'éloigne jamais.

Quand Mam' ne me voit pas, je traverse le camp et je rejoins Zaza au bord du fossé.

Quand j'arrive, elle est couchée sur l'herbe, son ventre énorme étalé au soleil.

– T'oi jou' que t'es pas venu, elle dit en me montrant ses doigts.

Elle ouvre la bouche, elle se fait entrer la lumière dans son dedans. Je n'ai pas peur d'elle.

– C'est ma mère, je dis, elle veut pas.

Je m'assois à côté d'elle et je me penche. À l'intérieur de Zaza, il n'y a rien. La langue. Les dents. Les mots qu'elle dit viennent du plus sombre de sa gorge. Je regarde. Je voudrais toucher.

Après, c'est à son tour de se pencher sur moi. Avec ses doigts, elle écarte mes joues. Elle cherche Petit Max. Elle s'approche au plus près.

– Il est fo'cément dedans.

Forcément.

Au fond de moi, c'est noir, sans lumière. Elle ne trouve rien. Elle cherche quand même.

Je ferme les yeux. Je sens l'odeur de ses dents, de ses doigts. À un moment, je ne sens plus rien mais je l'entends. J'ouvre les yeux et je vois Zaza. Sa bouche. Elle crache, un long filet de salive qui passe de sa bouche à la mienne et qui me tombe directement dans le fond de la gorge. C'est chaud. Gluant. Je la laisse faire. J'avale. Tout ce que j'avale, ça me fait grandir.

Et quand je serai grand, j'irai voir la mer.

C'est la guenon qui me réveille. Tout de suite après, j'entends les cris, les bruits de course autour du camion. La voix rauque de Mam'.

– Sam, ton fusil !

Je sors. Dehors, c'est la nuit. Même avec les lampadaires, on ne voit rien. Sam tire n'importe où, au jugé. Quand ça détale plus loin sur le chemin, il tire encore.

Après, le silence revient mais la cage de Bagra est vide.

– Je voulais pas ça, il dit Chicot en montrant le cadenas. Ils étaient plus de dix ! Qu'est-ce que je pouvais faire…

Il s'attrape la tête.

On appelle Bagra, on la cherche autour de nous et puis plus loin, dans les fossés. On ne la trouve pas. Même la guenon a disparu.

Pa' range son Beretta.

– Ils nous ficheront la paix maintenant. Sûr, ils nous ficheront la paix.

– C'était qui ces mecs ? il demande Chicot.

– Comment tu veux que je sache ?

On se retourne tous vers Pa'.

– Pourquoi je saurais ? il dit en s'énervant.

On n'insiste pas et on fait le tour du camp à la lampe. On trouve des traces de pas dans la boue, des marques de talons. Une bouteille. Chicot éclaire tout le côté du camion.

– Ils ont essayé d'entrer par là. Il y a des coups de cutter dans la bâche.

Il éclaire mieux.

– Ils ont coupé les cordes d'attache ! Il faudra recoudre.

– Recoudre ! Et comment ?

– Je sais pas, il faudra essayer.

– Tu crois qu'ils ont pris quelque chose ?

Mam' hausse les épaules.

– Qu'est-ce que tu veux qu'ils prennent !

C'est une nuit sans lune, juste les lampadaires du périph', les phares des voitures. Avec Pa', on remonte du côté des fossés. À chaque ombre, on croit voir Bagra. On rejoint la route, le côté goudron du chemin. Dans la nuit, les camions sont comme des fantômes.

– Un tigre, ça ne se perd pas, il dit pour me rassurer.

On cherche.

– De toute façon, il fait trop nuit, elle a dû se coucher dans un trou.

Quand on revient, on voit Zaza debout sur le devant de l'hôtel. On s'approche.

– Tu l'as vue ?

Elle fait non avec la tête.

– Qu'est-ce que tu fais avec ça ? je demande à cause de la hache qu'elle tient à la main.

– 'e voulais tuer les 'andits.

– Rien que ça !

Après, on entend un bruit derrière nous. Pa' sort son Beretta. Il vise l'ombre. C'est le mendiant. Son odeur, et puis sa silhouette prise dans son grand manteau.

De le voir, je recule. Je cogne contre le mur.

Avec la nuit, je ne vois pas son visage. Juste ses yeux.

Il prend la hache des mains de Zaza. Doucement.

– Elle n'a peur de rien, il dit.

Il lui caresse la tête gentiment.

– Zaza, je l'ai trouvée dans un bar à vin. Les patrons n'en voulaient plus alors ils me l'ont donnée.

Il s'approche de moi.

– Tu l'aimes bien Zaza, hein ?

Je fais oui avec la tête.

– Alors tu dois avoir peur pour elle si tu veux la protéger. Peur, tu comprends ?

Je comprends. Le mendiant, il parle de la course sur les rails. De la balançoire. De toutes les choses interdites qu'on fait avec Zaza quand personne ne nous regarde.

Avec une cuillère en plastique, Mam' attrape un peu de poudre. Ensuite, elle verse la poudre dans la casserole et elle ajoute de l'eau. Elle fait chauffer. Quand l'eau devient noire, elle retire la casserole et elle verse le liquide dans un verre.

– Tiens, bois ! elle dit en poussant le verre devant Chicot.

Chicot ne peut pas. Il fait tourner le verre dans sa main. Avec la pointe de son couteau, il se gratte les dents. Ses molaires sont pourries. De temps en temps, il en crache des morceaux.

– Plus de dix ils étaient…

– Ça sert à rien de gémir, elle dit Mam'.

– On la retrouvera, un tigre de cirque, ça peut pas aller loin.

– Si on la retrouve pas, il faudra avertir la police.

– Je ne veux pas de flics ici, dit Pa' en enfilant sa veste. Je vais voir du côté du fleuve. Elle est peut-être allée vers l'eau. De toute façon, il faut la retrouver. Dan, tu viens avec moi.

– Et ma guenon ? je demande.

– Ta guenon, c'est pas l'urgence.

Sur le périph', Pa' roule pleins phares. Plusieurs fois, on croit voir une ombre. On s'arrête. Il n'y a rien. Jamais. Des coups de frein inutiles. On parcourt toutes les bretelles dans les deux sens et les ruelles autour.

– Tu crois qu'elle en a tué ? je demande.

Pa' ne sait pas. Il s'en fout.

– C'était des truands de toute façon.

On remonte par-derrière, les jardins ouvriers, la boucle du fleuve. Des bandes sont regroupées le long des quais. Pa' ne peut pas ralentir. Même pour lui, c'est dangereux.

– Pour retrouver Bagra dans toute cette nuit, il faudrait la chance de Dieu.

– Qu'est-ce qu'on fait si on la trouve ?

Pa' me regarde.

– J'en sais rien…

Il passe par le chemin le long des rails, il tourne autour des entrepôts, des grues.

– Alors ça sert à quoi qu'on la cherche ?

Les mains de Pa' glissent sur le volant.

– J'en sais rien, Dan, j'en sais rien.

La guenon, je la cherche partout autour du camp. Je l'appelle, je me glisse entre les roues.

– Elle ressortira toute seule, dit Mam'. Te bile pas.

Je me bile pas.

J'attends.

J'attends toute la nuit.

Au matin, je m'endors. Quand j'ouvre les yeux, je suis tout seul. La guenon, ça me fait comme un grand vide dans l'estomac. Je me lève et je la cherche encore.

Je la cherche dans des endroits impossibles.

Je remonte le long des fossés jusqu'au réservoir d'eau. Je marche de plus en plus vite. Je cours.

Je tourne des heures.

Quand je reviens, j'ai faim. J'entre dans la caravane de Mam'. La casserole est vide. Je racle le fond de sauce avec du pain.

– Il reste des galettes de semoule dans le placard, elle me dit Mam'.

– Elles sont froides.

– Avec du sucre, ça se mange.

Le sucre, ça me réveille la faim. Je finis avec la boîte sur les genoux.

Dehors, le vent commence à souffler. Il fait claquer la toile du chapiteau. Il sèche les flaques, la terre autour des fleurs. Il fait voler le sable sur la tombe de l'oncle Jo.

Toute la journée, on cherche Bagra. On tourne partout. Quand on ne sait plus où chercher, on regarde la ville et on se demande ce qui va se passer. On s'assoit sur les pierres. Moi, je donnerais le cirque entier pour retrouver ma guenon. Je ne le dis pas. Je regarde le chat. De loin. La grille. Je sais où sont les yeux du chat. Je fixe droit dedans. Je fixe sans lâcher. J'ai des prières rom qui me remontent dans la gorge. J'ouvre la bouche. Les mots viennent tout seuls.

Après, je tourne la tête et je vois la guenon. Elle est derrière le camion, les bras ballants. Quand elle me voit, elle se met à trembler. L'odeur qui monte d'elle est écœurante. Je m'en fous. Je la boufferais tellement je suis heureux.

– Tu es revenue…

J'ai tellement eu peur que j'en pleure. Je la prends. Je la serre. Je l'emmène au fond du camion pour être tout seul avec elle. Je me cache avec elle. Sous la bâche. Je ne peux plus la lâcher. Je sens les battements de son cœur qui viennent cogner dans les miens.

Même après une heure, la peur, je l'ai encore dans le ventre.

Maintenant, le chat, j'y crois. Plus qu'au Dieu crucifié de Mam'.

– Il faudrait vous sortir de là, c'est ce qu'il dit Sam quand il nous voit collés.

Il caresse la tête de la guenon.

– Tu as eu peur, la belle…

Chicot s'approche, même Mam'.

– Le chat des Rom, il m'a rendu ma guenon.

C'est tout ce que je peux dire. Maintenant, pour elle, je connais la vraie peur.

Ils ont tous un geste pour Tamya. Tous, sauf Pa'. Pa', il regarde la route, les cages. Le périph'. Il ne sait plus où chercher. Un tigre, la nuit, ça peut faire du chemin. Ça peut aussi se cacher dans un trou et attendre.

Ça peut aussi tuer.

Pa' le sait. Il a peur.

Il monte dans le camion. Il regarde mes mains, mon coin. Il cherche. Soudain il se baisse.

– C'est quoi ça ?

Sous le nez, il me met le foulard de l'oncle Jo.

– Le foulard d'un mort ! Mais t'es complètement cinglé ! Tu sais ce que ça apporte de voler les morts ?

Je ne sais pas.

Et puis je n'ai rien volé.

– Il était par terre, vers le talus, je dis.

– Tu as dormi avec ?

Pa' me revient dessus. Il m'arrache la guenon des bras et il la jette dans la cage. Il ferme au cadenas.

– Elle, c'est fini. À partir de maintenant, on l'enferme.

Il m'attrape par le pull et il me traîne à travers le camp jusqu'à l'endroit de terre où on a mis l'oncle Jo.

Quand on est devant, il me pousse les genoux dans les fleurs. Les mains. La figure. La terre, j'ai l'habitude de la bouffer, mais pas la terre des morts. Je crache.

– Creuse maintenant.

Toucher la terre, je ne peux pas.

– Creuse, je te dis.

L'ombre de Pa' est énorme. Sur le parterre de fleurs, c'est une ombre de géant.

Du bout du doigt, je touche la terre. Je ne peux pas. C'est plus fort que moi. Je pleure. Je tremble.

– Tu creuses et tu enterres ça.

J'ai le foulard devant les mains.

– Tu y passeras la journée s'il le faut mais crois-moi, tu vas creuser !

En levant les yeux, je vois les pieds de Chicot. Un moment, je me crois sauvé.

– Ça sert à rien de passer tes nerfs sur lui, y a mieux à faire ! il dit.

– T'en mêle pas tu veux !

Chicot hausse les épaules.

– C'est pas parce que t'as peur qu'il faut faire n'importe quoi.

Pa' ne répond pas. Il se baisse, il m'attrape la main, il l'écrase dans la terre. Jusqu'au poignet. Je sens l'humide me passer sous les ongles.

– Creuse, t'as compris !

Je creuse, les dents serrées, le regard bloqué. Les doigts en râteau, je ramène la terre en petit tas. Pas de quoi toucher un mort.

– Plus profond !

Chicot ne peut rien pour moi. Même rester à côté, il ne peut pas.

– T'es un malade, il dit.

– C'est ça !

Quand je trouve la croix de Mam', je deviens glacé. D'un coup, tout ce que j'ai dans l'estomac me remonte dans la bouche. Je crache. Je m'essuie. Je crache encore. Je tire le foulard jusqu'au creux de terre et je le fais glisser dedans. Le foulard avec l'odeur de l'oncle Jo. Le son du saxo. Et la croix. Je recouvre. La terre, les cailloux, les brindilles.

Sur les mains, j'ai l'odeur mélangée de la terre et de la mort.

– Eh ben voilà, il dit Pa'.

Je recule.

– La prochaine fois que tu fais un truc pareil, je te le fais bouffer.

Je m'éloigne doucement, un pas et puis un autre. Je fixe l'endroit de terre où se posent mes pieds.

– Tous nos emmerdes, faut pas chercher, c'est ta faute ! il dit Pa' avant que je sois trop loin.

Je me sens comme l'oiseau, les ailes lourdes, incapable d'avancer. J'avance pourtant. Je regarde le ciel, le soleil.

Mes doigts sentent fort. Je me lave les mains dans une flaque près du camion. Je laisse tremper. L'odeur ne partira pas. Jamais. J'attends la nuit. Je passe mes mains entre les barreaux et je les mets sur le ventre de la guenon.

Au matin, mes mains ont repris leur odeur de carton sec.

Maintenant, la guenon est enfermée et c'est Pa' qui a la clé. Je passe ma journée collé aux barreaux de la cage.

Personne ne peut rien contre ça.

La nuit, je dors dans les courants d'air. Je m'en fous de crever.

Quand je croise Pa', je le regarde par en dessous. Avec la pointe de son fouet, il me relève la tête.

– Un Pazzati, ça regarde droit !

– Je m'en fous d'être un Pazzati.

Je prends une baffe, un revers de main qui m'envoie rouler. Ce n'est pas cher payé. J'en redemande.

– Les Pazzati, c'est plus rien !

Je recule. Jusqu'à cogner du dos contre la grille.

– Répète un peu pour voir !

J'ai la pointe du fouet enfoncée sous le menton.

– Alors, qu'est-ce que tu disais ?

– Enferme-moi…

Pa' se met à rire, un rire énorme qui le secoue. Un Pazzati ça crève debout, sans baisser les yeux. Je ne suis pas un vrai Pazzati. Juste un sang mêlé.

– Enferme-moi avec la guenon, je murmure.

– Compte là-dessus !

Il fait danser les clés devant moi et il les accroche au clou, avec toutes les autres clés, les chaînes.

– Et t'avise pas d'y toucher.

Je ne m'avise pas. Je fixe le clou. Je pense au geste qu'il faudrait faire pour reprendre la clé et ouvrir le cadenas.

Même ça je ne le fais pas.

Maintenant que la guenon est enfermée, je deviens comme une bête. Je finis par lui ressembler, les bras longs, les mains qui traînent, la tête basse comme à toucher terre.

– Redresse-toi, petit…

C'est ce qu'il dit Chicot quand il me voit. Redresse-toi. Ils ont tous pitié. Tous, sauf Pa'.

Pa' ne dit rien.

Il grogne, il ricane, il se transforme en chien.

Les gendarmes arrivent en fin d'après-midi. Ils ne disent rien mais quand ils ouvrent le coffre, on devient tous très pâles. Plus pâles encore que le jour où on a vendu le fourgon. Qu'il a fallu bouger les camions, refaire le cercle en plus petit.

– C'est à vous ça…

Ce n'est même pas une question.

Le coffre, je n'ose pas le regarder. Je vois le dos de Mam', penché. Sa robe à fleurs. J'entends sa voix quand elle se redresse.

– Elle est morte ?

– Tout ce qu'il y a de plus morte, dit le gendarme. On l'a trouvée terrée près des éoliennes. Elle a fait un sacré chemin.

– Et vous lui avez tiré dessus ?

– Vous vouliez qu'on fasse quoi ?

Pa' se met à cogner du pied dans la roue.

– Vous étiez obligés ? L'endormir, ça suffisait pas ? Putain, c'était un tigre.

Il crache, des insultes terribles qui lui montent à la bouche et qui le font baver.

Tuer un tigre, c'est comme arracher la peau d'un Pazzati.

Pa', il retrousse ses manches, il leur montre ses bras, ses veines. Il prend son couteau. Avec sa lame, il frotte. Il arrache les poils, gratte la peau jusqu'au sang.

– Voilà ce que vous m'avez fait !

Quand ils voient ça, les policiers reculent, ils mettent la main à la portière.

– Il faut nous suivre au poste. Il y a des papiers, une amende…

Pa', ça le fait s'étrangler d'entendre ça.

– Vous avez tué mon tigre et il faut que je paye une amende !

D'où je suis, je vois le Beretta sous la chemise. La main de Pa' sur la crosse. Les policiers voient aussi. Ils reculent.

– Je vous suis, dit Chicot en s'avançant vers eux.

Chicot, c'est un vieux, ils ont confiance. Ils lui ouvrent la portière sans lâcher Pa' des yeux.

Avant de monter, Chicot se tourne vers Pa'.

– Toi, tu te calmes.

Après, il s'assoit dans la voiture et il referme la portière.

La voiture s'en va, avec Bagra dedans, Chicot et le gyrophare allumé. J'essaie de sourire à cause du visage de

Chicot derrière la vitre. Je souris tant que je vois la voiture et même après quand elle a disparu.

Je vais marcher du côté des fossés. Dans les herbes. Bientôt, je n'entends plus les cris de Pa'. Je ralentis, je rejoins les barrières, le chemin de pierre qui mène le long de la voie ferrée. Je traîne des semelles. Ça me fait du bien d'être loin.

Je passe sous le grillage, du côté des rails. Quand je suis au panneau, je m'arrête. Il n'y a personne. Juste le bruit du vent dans les herbes sèches.

Je me couche dans l'herbe et je pose ma tête sur les rails. Immobile. Les yeux grands ouverts, je regarde le ciel. Je cherche les oiseaux. Je sens le froid du fer sur ma nuque et la brûlure du soleil dans mes yeux. J'écoute le bruit du vent. Le soleil me fait mal. Des trains, il en passe toutes les cinq minutes, des fois moins. Je ferme les yeux. Je compte les battements de mon cœur. Quand j'arrive à cent, je recommence.

Une fois et une autre encore.

Après j'ouvre les yeux et je vois les jambes de Zaza.

– Qu'est-ce que tu fais là ?

Zaza ne répond pas. Elle fixe tout au bout, l'horizon des rails, l'endroit de hangar d'où viennent les trains.

– T'en fais pas… je lui dis.

Elle me regarde. Elle hausse les épaules et elle se couche près de moi. Elle pose sa tête à côté de la mienne.

– 'e m'en fais pas, elle dit, y sont en g'ève.

Chicot revient quelques heures plus tard par le chemin des fossés.

– Pour les papiers, c'est réglé, il dit, mais il faut se débarrasser du tigre.

– Sambo ?

– Oui.

– Pas question !

– T'as pas le choix. Ils viennent le chercher demain.

Pa' envoie un grand coup de poing dans la caravane.

– T'as pas laissé faire ça ?

– Ils ne m'ont pas laissé le choix.

– Ces chiens, je les attends au fusil !

– Tu ferais bien de te calmer. On est repérés maintenant.

– Ils n'ont pas le droit !

– Ils l'ont. Ils seront là à huit heures.

– Ils vont en faire quoi ?

– Pour un zoo, Vincennes je crois.

C'est tout ce qu'il dit Chicot. Après, il s'enferme dans sa caravane et il ne ressort pas.

Le lendemain, le camion arrive à huit heures. Un camion spécial, avec des grilles et une porte électrique.

Avec le pylône, les hommes sont obligés de se garer sur la bretelle du périph', ils viennent chercher Sambo à la chaîne. Sambo, c'est un brave tigre, il les suit comme s'il les connaissait.

– Il sera bien là où il va, vous en faites pas. Et puis vous pourrez allez le voir si un jour vous passez à Paris.

Quand je me retourne, je croise les yeux de Pa'. Dedans, il y a une envie de crever le monde.

Vincennes, c'est comme le clou. Quand on aura de l'argent, on ira récupérer Sambo.

On récupérera le fourgon et le saxo de l'oncle Jo.

– C'est où Vincennes ? je demande.

Pa' ne me répond pas. Il me montre les cages.

– Tu vas les laver, il me dit, j'veux plus sentir l'odeur.

Je frotte toute la matinée le parterre, les gamelles et les barreaux. Avec Sam, on brûle la paille. L'odeur des tigres, ça ne part pas comme ça.

L'après-midi, je frotte encore. Quand je n'ai plus rien à frotter, je m'assois dans le coin et je caresse ma guenon.

Je reste jusqu'à ce que Pa' me tire de là et qu'il reprenne la clé.

Pour oublier tout ça, Mam' m'emmène en ville et on prend Zaza avec nous.

Zaza, elle n'a pas l'habitude qu'on s'occupe d'elle. Elle n'a pas non plus l'habitude des voitures. Elle se met la tête par la portière, dans le vent. La bouche, les yeux. Elle avale les moustiques. Après, elle m'attrape la tête et elle me serre contre son ventre.

Dans le rétroviseur, Mam' me sourit.

– C'est un sale jour pour toi hein ?

On se gare comme d'habitude, dans une ruelle derrière la place. On achète de la guimauve en ruban et une bouteille de Coca. On mange sur un banc. Après, avec Zaza, on va fouiller dans les cageots. On trouve des pommes, du raisin. Des bananes. On pense à la guenon. On met tout dans un sac. Quand on revient, il y a des hommes autour de Mam'. Les hommes regardent Mam' et puis ils regardent Zaza. Ils commencent à la coller. C'est comme ça que Mam' a l'idée. À cause des yeux des hommes.

Pour quelques pièces, elle montre Zaza.

C'est ce qu'elle fait Mam'.

Quelques pièces seulement, à l'ombre des arbres, dans le recoin du marchand de vélos.

Elle laisse approcher Zaza de près. Parce que Zaza est déformée. Les femmes aussi veulent voir. Ça les rend nerveuses. Se rendre compte avec leurs yeux. Bientôt, il y a du monde autour de nous. De la chaleur. Des mains.

Quand les flics arrivent, on part en courant.

– Ben quoi ! elle dit Mam' quand elle voit ma tête, ils l'ont pas touchée, ils l'ont juste regardée !

Pour se faire pardonner, Mam' nous arrête chez Rachid, elle commande une grande assiette avec des cornes de gazelle, des gâteaux bourrés de miel, des tas de sablés délicieux. Je ne peux rien avaler. Les gâteaux restent devant moi. À force, le miel attire les mouches.

Zaza finit ses gâteaux et elle mange les miens. Mam' paye avec les pièces des hommes.

Je regarde les pièces, j'ai envie de vomir. Elle a raison Mam', c'est un sale jour pour moi.

Mam', elle fait ça trois fois de prendre Zaza avec nous et de montrer sa peau aux hommes.

La troisième fois, elle soulève son pull, elle montre ses dessous. Elle demande plus de pièces pour regarder la graisse, l'intérieur des plis. Dans son slip de fille.

Je regarde aussi. Là où il devrait y avoir des seins, il n'y a rien. Ou à peine. Les femmes réclament le bas. Elles veulent toucher. Et puis regarder encore. Devant. Derrière.

Mam' ne laisse jamais les femmes seules avec Zaza. Elle dit qu'elles seraient capables de la découper. D'emmener des morceaux dans leur sac pour pouvoir en discuter de retour dans leur maison.

Le troisième jour, je ne veux plus de ça pour Zaza. Je le dis à Mam'.

– On fait pas de mal ! elle répond.

Elle me laisse au camp.

Zaza aime se promener en voiture et manger les gâteaux chez Rachid. Elle rit, elle chante, elle fait des gestes à la portière. Quand la voiture disparaît, je reste sans bouger.

Après, je vais tout raconter à Chicot. Les dessous, les pièces dans le porte-monnaie, le miel sur les gâteaux.

– Zaza, elle aime trop les gâteaux, je dis.

Je lui raconte les mains des hommes sous les robes de Zaza.

– Les choses sont arrivées comme ça, je n'ai rien pu faire.

Chicot m'écoute. Quand j'ai terminé, il me fait monter dans la voiture et il roule sans parler jusqu'à la place du marché. Il se gare sous les platanes.

– Tu m'attends là.

Mam', elle est comme d'habitude, dans l'entrée de la ruelle, le coin à vélos. Quand elle voit Chicot, elle ouvre juste la bouche mais elle n'a rien le temps de dire. Chicot l'envoie rouler par terre, avec le collier cassé. Le sac ouvert.

– C'est pas une putain ! il dit en montrant Zaza.

Il renverse Mam' avec son pied.

– Ne recommence jamais ça.

Autour, tout le monde s'en va. Les hommes ne regardent plus Mam'. Personne ne l'aide à se relever ni à ramasser les perles. Personne. Même pas moi. J'attends Zaza. Quand elle est dans la voiture, je lui prends la main et je ne la lâche pas.

Dans la caravane, Chicot fait couler de l'eau sur le corps de Zaza, toute l'eau chaude, et il frotte doucement. Il la lave. Avec un gant. Dans ses replis de graisse. Il frotte. L'eau coule noire autour des plis. Il peigne ses cheveux. Il lui donne des vêtements propres. Les siens, il les jette dans le feu.

De tout le temps qu'il fait ça, Zaza chante.

Quand il a fini, il nous donne un paquet de chips et on va les manger dehors, à côté des fleurs.

Chicot vient nous rejoindre. Il arrange la terre dans les pots. Avec son mouchoir, il frotte les cygnes, il fait briller la porcelaine, l'éclat blanc des cous.

– Y sont 'olis tes oiseaux…

Il fait briller le liseré doré autour du bec.

Après, il coupe une fleur et il la pose sur les genoux de Zaza. Zaza regarde la fleur. Elle regarde le feu dans lequel brûlent ses vêtements. Elle touche les pétales, la tige, elle lèche la sève qui coule. Elle prend la fleur dans sa main et elle recommence à chanter.

Chicot arrange la terre autour de la fleur coupée.

Pendant qu'elle chante, Zaza écrase la fleur. Avec ses doigts. Les pétales. La tige.

Quand je vois, c'est trop tard. Chicot se retourne. Il voit aussi.

– Laisse… il dit, laisse…

Et puis après, plus doucement.

– Ce n'est qu'une fleur.

Paulo, il habite de l'autre côté du périph', une petite boutique au fond d'une impasse avec de bonnes odeurs. Il vend de la paella, de la viande grillée, des patates au lard. Il fait aussi des tripes de veau à cause des ouvriers de l'usine à ciment.

Mam' dit que Paulo met du chat crevé dans ses saucisses. N'empêche, ça sent bon quand on passe devant chez lui. Meilleur que devant chez nous. Quand Pa' gagne au jeu, c'est chez Paulo qu'il nous emmène.

Son chien, c'est une bête énorme, à la gueule large et au poil ras. Une bonne grosse bête avec juste ce qu'il faut de mouillé dans les yeux. Avec sa muselière, il fait pitié.

Paulo, je le vois de dos. Je m'approche, l'air de rien.

Sans lâcher le dos, j'appelle le chien. Je l'attache avec ma corde. Je n'ai pas besoin de tirer. Le chien, il me connaît. Il se met à courir à côté de moi.

On remonte les rues.

Arrivé près de la gare, on ralentit. On suit les rails, on traverse le périph' et on revient vers les bords du fleuve.

Les quais sont étroits. Sous le pont, on trouve des ordures, des sacs éventrés. On fouille dedans. On regarde les canards. On marche dans la vase.

Je n'ai jamais eu de chien à moi.

– Tu es un bon chien, je lui dis.

Je lui enlève sa muselière.

Le chien est heureux, il regarde autour de lui comme s'il voyait le fleuve pour la première fois.

Je reste trop longtemps au bord du fleuve. Quand j'arrive, c'est midi, la fille est en train de fermer la porte.

– Ah ! c'est toi, elle dit.

Elle jette un coup d'œil au chien.

– Tu ne m'arranges pas…

Elle soupire mais elle me laisse quand même entrer.

Elle revient vers son bureau, pose son sac, ses clés, elle attrape le téléphone. Elle me regarde par en dessous pendant que ça sonne.

– J'espère qu'il est encore là…

Je n'attends pas plus longtemps que d'habitude mais le temps semble plus long. C'est parce que j'ai joué avec le chien, je l'ai regardé partir après les canards et puis jouer au soleil.

Maintenant, avec le chien, on a une histoire.

Je m'assois sur le siège. Le chien se couche devant moi, la truffe entre les pattes et il me regarde avec ses bons yeux noirs.

Je me fourre des caramels par trois sous la langue et je compte les cicatrices que j'ai sur les bras. Je compte les arbres, les antennes sur les immeubles. Rien que des chiffres, ça me fait du bien. Quand il n'y a plus rien à compter, je m'enfonce les ongles dans le plastique du siège et je laisse des traces.

Le chien ne me regarde plus. La fatigue, ça l'endort. Il pue la vase à cause de ses poils mouillés. Derrière le bureau, la fille commence à râler à cause du retard. Je regarde la pendule. Encore trois minutes et je pars. Je reprends le chemin à l'envers et je retourne chez Paulo. Je lui rends le chien. Tant pis si je ne vois jamais la mer.

Et puis le saxo de l'oncle Jo, ça ne vaut pas un chien vivant.

Je me récite les secondes dans la tête.

Trois minutes, c'est rien. Les aiguilles tournent. Je bourre le chien sous le siège et j'attends.

Je me récite l'alphabet, deux fois de suite en partant de la fin et puis je recommence.

Quand l'aiguille est sur le 2, j'attrape la laisse, je la serre dans ma main. Je me lève. Je m'en fous de ce que dira Paulo quand il me verra revenir avec son chien.

Quand l'homme arrive, il ne reste plus de temps.

5643 BM 13. La Volvo. On se connaît.

– Bonjour, il dit.

Je regarde la pendule. Le chien.

L'homme regarde le chien, les traces de pattes, la boue.

– C'est un gros, il dit.

Il sort son portefeuille et il me donne plus que d'habitude. Pour une poignée de secondes. C'est con pour le chien.

Je lui tends la muselière. La main, toujours la même, celle qui attrape les chiens. La main des mauvaises choses. Elle sent le carton, un mélange de Javel et de terre mouillée.

– J'ai une guenon aussi si vous voulez.

Aux yeux de l'homme, je sens tout de suite qu'une guenon vaut plus qu'un gros chien.

Que c'est autre chose.

– Une guenon ?

L'homme me regarde et il dit :

– Je suis preneur.

L'idée de la guenon m'envahit la tête. Elle s'élargit, elle coule au-dedans de moi. Les idées noires, ça laisse des griffures. Comme les ongles de Mam' dans le dos de Pa'. Je ne veux pas de cette idée. Zaza, elle m'a craché dans la gorge pour me faire grandir. Je ne veux pas grandir comme ça.

Je sors de là en me cognant contre les murs.

Au bas des marches, la guenon commence à valoir trois chiens. Et ça devient dur de voler des chiens.

Je me retrouve sur le parking avec le soleil qui plombe. La fille me pousse pour me faire avancer.

– Vous savez combien ça vaut une guenon ? je demande.

La fille secoue la tête.

– Aucune idée !

Elle me montre sa voiture, une deux places.

– Je te dépose quelque part ?

Je fais non avec la tête.

– Comme tu veux.

Après ça, je ne peux pas m'empêcher, je repasse chez Paulo. Quand j'entre, il est en train de gémir.

– Il était là le Duc, il part jamais.

Je m'assois. Je commande deux merguez. Avec de la harissa. Ça me fait drôle de voir souffrir un homme à cause de moi. Ça me fait encore plus drôle quand je lui donne le billet. De la main à la main. Presque on se touche les doigts.

S'il savait.

Son chien, je ne sais même pas ce qu'on va en faire. Je mange les merguez et j'en commande deux autres pour pouvoir rester.

– Huit, on en a déjà volé dans le quartier. On m'avait dit de me méfier.

Maintenant, Paulo, il chiale tout seul dans son grill. Il ne fait même pas attention à moi.

Je le regarde. Je l'écoute. Je boufferais à en crever pour ne pas partir de là. C'est ça la misère des hommes. Il y en a qui pleurent. Il y en a qui mangent.

Quand il se tait, je le relance.

– Il était comment votre chien ?

– Une brave bête, on aurait dit un veau.

Je secoue la tête.

– Y reviendra p't-être...

– Y reviendra pas.

Je le regarde et je me vois avec ma peur quand la guenon est partie. La peur des autres, elle ne guérit pas. Elle ne soulage même pas.

– Moi aussi, un jour, j'ai eu peur, je lui dis.

Il ne m'entend pas.

– T'en veux encore ? il demande en montrant les saucisses.

Je fais oui avec la tête.

Je ne suis pas un brave, je suis un Rom. Je marche le front bas, comme une bête. Je déteste le monde, la vie, les fleurs.

J'ai peur qu'on m'attrape, qu'on m'emmène ailleurs, quelque part. Qu'on me brûle vivant comme on brûle les carcasses dans les bennes. Des veaux de vingt jours. Qu'on me transforme en poussière d'abattoir.

Je marche. Sans savoir où je vais.

Quand j'arrive devant l'église, je m'arrête. Je regarde et puis je monte les marches. J'entre.

À l'intérieur, il fait sombre. La lumière du dehors traverse les vitres, ça fait des flaques de couleur sur le parterre. Sur la tête des statues. Je remonte la travée de l'ombre jusqu'aux pieds de Dieu.

Dieu est un grand mystère.

Mam' dit que Dieu existe, elle dit qu'il est partout et qu'il voit tout. Qu'il entend tout.

Il ne faut plus penser à Mam'.

Mam' est une image interdite.

Mam' connaît la liste des choses qui sont bien et de celles qui ne le sont pas.

Je ne connais pas cette liste. Je reste debout devant les statues et j'attends.

Le froid me remonte par le pantalon, le long des jambes. C'est la pierre, la honte des hommes qui viennent dans les églises pour oublier leurs péchés.

Quand les hommes s'en vont, les péchés restent. À force, ça remonte. L'humidité des églises, c'est toute la honte des hommes.

Je me mets à fixer Dieu du plus fort que je peux, les ailes des anges, les étoiles.

Je m'appuie la tête contre le banc.

Je pense à Jésus.

Jésus et Dieu, je ne sais pas la différence. Je crois que c'est comme pour Petit Max et moi. Il y en a un qui est à l'intérieur de l'autre et ils se parlent en secret.

Je pense que Dieu est le plus fort. Qu'il a du pouvoir sur les églises et sur les hommes.

Je pense que c'est Dieu qui fait pleuvoir.

Jésus apprend le métier pour quand Dieu sera trop vieux. C'est lui qui me donne les mauvaises idées.

Le Christ, je ne sais pas qui c'est mais Mam' dit que son histoire a bouleversé l'existence des hommes.

Je pense qu'ils sont tous les trois de la même famille, qu'ils forment un clan comme nous les Pazzati.

Je reste debout dans l'allée.

Je pense à Mam', à l'odeur de son cou.

Je pense à Mam' quand elle est avec Pa' dans la cabine du camion. J'oublie Dieu. Je tombe à genoux. Je me traîne. Je pourrais me laisser crucifier s'il y avait un curé, des clous. Je tends les mains. Je m'écrase les genoux sur la pierre. Je pourrais me clouer tout seul si j'avais le courage.

Je suis un voleur, pas un vainqueur. Le courage, je ne connais pas.

Je tourne mon visage vers Dieu. Je le regarde. Son sourire. Ses yeux de pierre. J'ai les genoux qui éclatent. Je ne sens plus rien de la douleur, simplement le sang qui coule de moi comme de la vapeur. Bientôt, les images noires s'en vont. J'écarte les doigts. D'un coup, je suis l'égal de Dieu.

Son frère de souffrance.

Je me mets à rire. Fort. De plus en plus fort. De devenir fou, je suis heureux. Je pense à Zaza et je me jure de la protéger quand je serai grand.

Les jours suivants, je retourne à l'église. Je me traîne. J'ai besoin de ça. Les croûtes éclatent. Je me fais saigner l'intérieur des mains. Les gencives.

Quand les gencives saignent, je mets du sel dessus. Je m'écarte les joues. Je montre à Dieu. Maintenant, toute ma bouche, c'est une plaie.

À force, j'ai les genoux qui ne sèchent plus. Sur la dalle, c'est comme un chemin de calvaire. Toujours le même. La poussée lente jusqu'à la chapelle, entre les pieds de Dieu.

Quand j'en ai marre de prier, je fouille.

Les hosties, je les trouve dans une boîte au fond d'une niche creusée en croix. J'en avale. Par poignées. Le corps de Jésus, je me le fais entrer de force. Mam' a déjà mangé des morceaux du corps de Dieu. Elle dit qu'il ne faut pas mâcher. Simplement laisser fondre. Les hosties, je me les colle au palais. En fondant, ça devient comme du papier.

Depuis que je fais ça, je n'entends plus Petit Max.

Je ressors de là les yeux mi-clos, la mine absente. Dans la rue, je ne regarde personne.

Je pense qu'avec une tête comme ça, je vais sauver le cirque. C'est plus fort que moi cette idée.

Je serai le premier des Pazzati à être divin.

Je marche dans l'ombre des murs. Les yeux baissés. L'air hagard. J'ai peur qu'on m'arrête, peur qu'on me parle, qu'on m'approche. Je me fais une tête de tueur.

Le curé commence à me regarder bizarrement. Un jour, il vient s'asseoir près de moi sur le banc.

– Ce n'est pas une place pour toi mon garçon.

Je ne veux être le garçon de personne.

– Je ne suis le garçon de personne !

Je le regarde bien en face, ses joues, ses lèvres, l'épaisseur grasse sous ses yeux. Et puis je le regarde dans les yeux.

– Je suis le fils de Dieu.

Le curé, je vois bien que ça le choque d'entendre ça.

Il sourit quand même.

Il sent le savon.

La poussière.

La naphtaline.

– Mam', un jour, elle est venue maudire, vous vous souvenez ?

Le curé hoche la tête. Il se souvient. Personne ne peut oublier Mam'.

Je lui raconte les chiens et comment Mam' est belle quand elle s'enferme avec Pa' dans le camion. Les fleurs de sang à l'intérieur de ses cuisses. Je lui raconte le tas de terre sur l'oncle Jo et la peur du chat quand on l'a cimenté.

À la fin, le curé, il ne sait plus où regarder.

Son odeur change, elle prend un goût de sueur. Il se penche sur ses mains comme s'il cherchait une réponse.

Il n'y a pas de réponse.

Il doit bien s'en rendre compte parce qu'il secoue la tête.

– Je vais prier, il dit.

Il relève ses manches.

– Je vais prier…

Il ne sait pas trop par quoi commencer.

– Prier pour tes oncles… pour ta famille… Prier pour toi aussi.

– Et la guenon ? je demande.

Le curé écarte ses mains, il les ouvre, il regarde la statue du Christ, les épines piquées sur son front.

Tout ce que je lui ai dit, on dirait que ça lui a séché le dedans de la bouche. Il avale. Sa langue, c'est devenu comme de la pâte épaisse. Dans un souffle, il lâche.

– Je prierai aussi pour ta guenon.

Je vois bien que ça lui demande un effort terrible de dire ça. Il pose ses mains sur ma tête. Ça me chauffe. Un moment, je crois qu'il s'endort. Je ne bouge pas. Je fixe devant moi le tissu noir, le bois de la croix, le ventre sous la soutane.

La poussière, ça me donne envie de tousser. Je n'ose pas. Je me retiens et j'en pleure.

Quand il a fini, le curé se relève. Il me regarde comme s'il m'avait oublié. Une grande lumière jaune traverse les vitraux et tombe derrière lui, sur son dos.

– Je vais prier, mon enfant.

Il dit ça comme à regret et il me pousse dehors.

Quand je sors, c'est midi. Les cloches sonnent à toute volée au-dessus de moi. Je me colle le ventre contre la pierre. Le béton me brûle les semelles. Je reste un moment comme ça, en plein soleil.

C'est un endroit de ville que je ne connais pas avec des odeurs, des ruelles très étroites. Dans les boutiques, on vend des fruits, des olives. Les vendeurs sont tous à l'intérieur, au fond, à dormir. Avec mes mains, je touche des deux côtés. Je vole des dattes, des figues, rien que des trucs sucrés pour me caler la faim.

À force de traîner, je me retrouve sur une place, un jardin avec un kiosque. Je pousse la grille. Des musiciens jouent sous le kiosque. Ils jouent mal mais ce qu'ils jouent, ça me fait penser à la musique de l'oncle Jo.

Je m'assois sur un banc et j'écoute.

Une vieille femme vient danser autour de moi. Elle porte un chapeau bleu, une robe noire avec des volants.

Personne ne fait attention à elle. Quand elle est fatiguée, elle s'assoit sur le banc. Je ne sais pas si je dois rester ou partir. Je fixe la terre entre mes pieds. Avec sa main elle me touche le bras. Sa peau est froide comme un ventre de serpent. Elle montre le ciel.

– Il pourrait ben neiger pas vrai ?

Le ciel est bleu, sans nuage. Ça me fait rire. La vieille est folle, je me dis.

Je pense à l'homme qui m'achète les chiens. Peut-être qu'il voudrait une vieille ? Une bonne vieille pas craintive ?

Du coin de l'œil, je regarde ses jambes. Les veines énormes qui se tordent sur ses mollets. Même en la cognant, elle ne pourrait pas marcher jusque là-bas.

Une dame nous regarde la vieille et moi. À cause du soleil, je la vois mal. Elle me regarde, elle regarde les musiciens. Elle me regarde moi et puis le banc.

Elle s'approche et elle me pose quelque chose dans la main. Je ferme la main. J'ai le cœur qui cogne.

J'écarte un doigt et puis un autre. J'ouvre les doigts.

Je regarde le dos de la dame qui s'en va et le visage des gens autour. Je devrais la rattraper, lui dire qu'elle s'est trompée. Ou donner la pièce à la vieille.

Je ne fais rien.

Je repose ma main comme elle était avant, sur ma cuisse, avec en plus la pièce dedans. Avec l'autre main, je secoue la vieille.

– Allez, va danser.

Je la pousse des fesses. Sous mes doigts, je sens les os. Quand elle en a marre d'être poussée, la vieille se lève. Elle retourne danser. Elle me fait pitié.

Si c'était ma vieille, je la tuerais.

Il suffit d'ouvrir la main. Pour le reste, faire comme avant. Regarder la ville, les oiseaux, se réciter les proverbes, la liste de tous les Pazzati. Du premier, le grand Victor.

Jusqu'à moi, le dernier.

Le Divin.

À force, ma main devient étrangère, une main avec des doigts qui se plient et qui s'ouvrent. Une main absente.

La main, je la tiens cachée sous mon pull, dans ma poche. Je la sors pour la tendre ou pour voler des chiens.

Mam' ne me dit plus rien quand je pars du camp. Elle hausse les épaules.

– Va au diable !

Moi, je conjure, je regarde le chat. À force d'écouter Pa', j'ai appris les prières rom. Je ne crains plus le diable.

Je prends l'habitude des enterrements. Quand j'entends la cloche des morts, je cours à l'église. Je monte les marches et je me place tout en haut contre la deuxième colonne. Quand le cercueil arrive, je sors la main et je la tends.

Je fais ça les yeux baissés. Je regarde par en dessous, le mouvement triste, le frottement des pieds sur les dalles.

Personne ne fait attention à moi. Je suis une ombre, une main. Je ne suis rien.

Les gens ont peur, ils donnent. Les femmes plus que les hommes. Les vieux plus que les jeunes. À cause de ce qui les attend.

Quand c'est fini, je signe dans le registre : Fils de personne.

Après, je remonte vers les magasins. J'achète des frites, du Coca. Avec la monnaie, j'achète des bonbons pour Zaza et des bananes pour la guenon.

Je m'assois au bord du trottoir et je mange. Je bois mon Coca. Je fais des bulles d'air que je me laisse remonter dans la gorge. Quand l'eau coule, je me rince les semelles dans le caniveau.

J'appelle Petit Max mais depuis quelque temps, Petit Max ne répond plus.

C'est comme ça, à force de tourner, je tombe sur le clou. Juste une vitrine. Presque rien. J'ai failli passer à côté.

Dans la vitrine, il y a des livres, des poupées, un phono. Derrière tout ça, il y a le saxo.

Je me colle des yeux contre la vitre. De le voir, je regrette d'avoir acheté les frites, le Coca.

La boutique est fermée. Un papier est scotché : revenir à cinq heures. Cinq heures, c'est trop loin. J'appuie sur le loquet. Je le secoue. Je tape dans la porte avec le pied.

– Tu sais pas lire ? Quand c'est fermé, c'est fermé !

L'homme est petit avec des yeux méfiants. Avec sa clé, il ouvre la porte.

– Qu'est-ce que tu veux ? il demande.

– Le saxo.

– Tu as de l'argent ?

– Ouais.

Il me fait entrer. Dans son magasin, c'est petit. On ne voit plus les murs à cause des tableaux, des meubles, et de toutes les étagères.

Sur la table, il y a une balance, des poids, des petits objets étiquetés et toute une pile de journaux. L'homme passe derrière la table.

– Voyons voir ça, il dit en mettant ses lunettes.

Je vide mes poches. Les pièces, les billets. Pas grand-chose.

– C'est tout ? il demande.

Il enlève ses lunettes.

– Alors, il ne faut plus y penser. J'ai donné dix fois plus pour avoir cet instrument-là.

– Dix fois plus ?

– Oui. C'est une vente fixe, pas un dépôt.

Je calcule en nombre de chiens. Même avec la guenon, je n'y arrive pas.

Je regarde le saxo. La poussière. L'oncle Jo, il n'aurait pas aimé ça, la poussière sur son saxo. Même une trace il ne supportait pas. Je m'approche.

Avec mon doigt, je creuse dans la poussière.

De me voir fouiner, l'homme commence à s'énerver.

– Tu reviendras quand tu auras l'argent.

Il marche jusqu'à la porte, ouvre en grand.

De l'argent comme ça, j'en aurai jamais. Même en vendant des vieilles.

Je caresse les touches, j'appuie dessus avec les doigts.

– Allez, tu sors de là !

L'homme, il n'est pas gros, il n'est pas large. Il ne tient presque rien dans le passage. Avec la main, j'attrape le saxo. Je le soulève. En deux pas, je suis à la porte. Je renverse l'homme et je sors. Une fois dans la rue, je cours droit devant. Un moment, j'entends les pas de l'homme derrière moi. Ses cris. Après, plus rien. Je tiens le saxo et je cours encore. Je finis par sortir de la ville. Quand je me repère je suis derrière la gare. Je remonte en marchant le long des fossés et je me couche dans l'herbe. Je ris tout seul en caressant le saxo.

Je m'assois. J'enlève ma chemise et je le nettoie. Je lui enlève toute la poussière, les traces de doigts. Le souvenir du vendeur.

Quand j'ai fini, je frotte encore. Je ne me lasse pas. Après, je me lève, j'enlève mes chaussures et je m'enfonce les pieds dans la terre. Je soulève le saxo.

Le bec sur mes lèvres, c'est la première fois. Je souffle. Une note et puis une autre. Et puis les notes qui s'enchaînent. Je joue. Immobile. Les yeux fermés.

Avec mes pieds nus sur la terre, je retrouve la musique de l'oncle Jo.

Le soir, je ne peux plus toucher la nourriture.

– Qu'est-ce t'as ? elle demande Mam'.

– Rien, je dis.

Mam' hausse les épaules.

– Quand t'auras bien faim…

Je regarde ma fourchette, les boules de semoule, la main dans le creux de mes cuisses, impossible à lever. Je me sens suer du dos.

– Mam'.

– Quoi ?

Je prends ma main, je la caresse comme on caresse un chat malade.

– Rien Mam'.

Mam' va s'asseoir sur le lit contre les jambes de Pa'. Avec ses ongles, Pa' lui gratte le haut du dos. Mam' aime ça.

Je suis leur enfant, c'est ce que je me dis en les regardant. L'enfant à la main voleuse.

Mam' ne me caresse jamais. Quand elle m'aime, elle m'écrase. C'est un autre amour.

Elle dit qu'elle pourrait me tuer avec cet amour-là.

Depuis quelque temps, j'ai mal aux os. C'est parce que je grandis.

Je pousse des jambes, du cou. Mes dents me font mal à cause de tout le sucre que je lèche.

La viande des tigres a remplacé ma viande d'homme.

Je n'épaissis pas.

Je ne meurs pas.

Je regarde autour de moi, le lustre, l'intérieur de la caravane. Je regarde Pa' et Mam' sur le lit. Je pioche de la fourchette dans le plat de semoule et je mange le grillé.

Les ongles de la main ont poussé, ils sont devenus noirs. Ils commencent à puer. Je soulève les doigts, les uns après les autres, et je pose toute la main sur la table comme si c'était une bête crevée.

Je prends le savon. Je lave mon corps, toute ma peau au plus intime. Sans toucher à la main.

Maintenant ma main est morte, je suis sûr de ça. Un soir, dans le camion, je prends une aiguille. Avec des allumettes, je chauffe l'aiguille jusqu'à ce qu'elle prenne la couleur de la flamme.

Je l'enfonce en piquant directement dans la paume. Je ne sens rien. J'enfonce plus profond et je laisse l'aiguille.

Après, tout devient possible. Je peux de nouveau toucher la terre sur la tombe de l'oncle Jo. Gratter dans les racines.

Me caresser quand j'entends Mam' gémir sur les sièges du camion. Avec ma main. Ma main morte. Ça devient un plaisir secret. Je n'ai pas de honte. Je grimpe sur les marches et je me colle le visage à la vitre. Je regarde. Je n'arrive pas à détacher mes yeux. Les mains de Mam' agrippées au dos de Pa'. Ses jambes. Ses cuisses.

Mam', avec, sur le ventre, la verrue immonde.

Quand elle se redresse je vois son visage, sa gorge.

L'ombre noire sur ses yeux. Je n'ai plus honte de rien. Je m'empoigne à pleine main pour crier en même temps qu'elle. Mon cœur est devenu comme ma main. Un silence.

Chicot, même quitter le camp, ça ne l'intéresse plus. Plus comme avant. Le pylône, il s'en fout. Tout son temps, il le passe assis à côté de ses fleurs ou avec l'oiseau.

Chicot dit qu'il devient vieux, qu'il va mourir. Qu'il ne faut pas avoir peur de la mort. Il dit que la mort n'existe pas.

– Commence pas avec tes conneries tu veux ! elle dit Mam' en s'asseyant avec nous sur les marches.

Les ailes de l'oiseau sont devenues fortes. Ses pattes, son cou. Il pourrait s'envoler s'il le voulait. Je crois que si l'oiseau ne s'envole pas, c'est à cause de l'amour de Chicot. De toutes ces graines qu'il lui donne et des mouches qu'il lui tue.

Je crois aussi que Chicot a peur que l'oiseau s'envole.

Avec ses doigts, Mam' démêle mes cheveux. Elle enlève l'herbe, la terre.

Chicot regarde la ville au loin, les hautes tours.

– La mort n'existe pas. C'est une idée dans la tête des vivants. Quand on coupe un arbre, les racines restent dans la terre. L'arbre repousse, il reprend vie.

Je sais qu'il y a des arbres qui meurent et qui ne repoussent pas.

– Un bateau sur la mer, tellement loin que tu ne le vois pas. Tu crois qu'il n'existe plus et pourtant…

Je sais qu'il y a des hommes qui meurent. Des bateaux qui ne reviennent pas.

Je sais aussi que quand on est sous terre, c'est pour longtemps.

– On a tous une chose au fond de nous, une chose immense que l'on a perdue un jour, en grandissant. Cette chose, on passe sa vie à la rechercher.

– On la retrouve toujours ? je demande.

– Non, pas toujours.

– Et ceux qui la retrouvent, ils en font quoi ?

Chicot hoche la tête.

– Ils n'en font rien. Ils meurent.

– Et les autres ?

– Quels autres ?

– Ceux qui ne la retrouvent pas ?

– Ils meurent aussi.

– Ça sert à rien de la chercher alors ?

– Ça sert, Dan…

À la fin, même Mam' écoute.

– Et Pa', pourquoi il ne me rend pas ma guenon ?

Mam' montre l'estafette et puis les ouvriers au bord du périph'. Les treuils qu'ils installent pour tout déboulonner.

– On va foutre le camp ! Tu te rends compte, Dan, on va foutre le camp !

Maintenant, de savoir qu'ils vont l'enlever, elle aime le pylône. Elle le trouve beau.

– On va pouvoir passer.

De comprendre ça, elle danse. Elle embrasse tout le monde, Chicot, Sam. Même la guenon.

– Le rond-point de la Pologne, on oublie !

– On n'oublie pas... il dit Sam.

On a tous un regard du côté de la terre, des fleurs. Les mots de Sam, ça fait un creux de silence dans la joie de Mam'.

– C'est pas c'que j'voulais dire...

– Je sais.

– Écoute, on peut quand même pas...

Le déterrer. L'emmener avec nous pour le mettre dans la terre des Rom. Avec les autres. C'est ce qu'il veut, Sam.

– On ne peut pas, Sam. On va faire le plein du camion d'accord ? Et demain, on démonte le chapiteau. Le temps de nettoyer et de sécher les bâches. On s'en va putain, on s'en va !

Sam ne répond pas. Il reste assis sur les marches de la caravane. Il a le regard sombre des mauvais jours.

Mam', elle ne peut pas s'empêcher de rire. De se taper dans les mains. Elle est tellement heureuse qu'elle veut aller en ville acheter du vernis, des sandales.

Elle entre dans la caravane.

Quand elle ressort, elle est trop belle.

En ville, Mam' ne veut pas que je marche à côté d'elle. Qu'on nous voie ensemble. Elle file dix pas devant.

C'est à cause de ma figure. De mes yeux de poisson mort.

– On dirait un demeuré !

C'est pour ça qu'elle veut un autre enfant.

– On dirait que ça ne te fait pas plaisir qu'ils l'enlèvent, ce foutu pylône ?

Plaisir, je ne sais pas. Quitter Zaza, ça m'arrache. Quand j'y pense, je m'attrape le bras, j'enfonce les dents.

Les hommes regardent Mam'. Ils suivent son dos, ses cheveux. Ils suivent sa robe.

Les femmes aussi regardent Mam' mais pas avec les mêmes yeux. Par en dessous. Pas comme les hommes.

Mam' s'en fiche.

Elle marche au milieu de la rue en balançant son sac.

Elle est tellement belle qu'elle a honte de moi. De mon corps qui ne grossit pas.

C'est ce qu'elle dit en se retournant.

– On dirait une crevette !

Je baisse la tête. Je regarde mes jambes. Qu'est-ce que j'y peux ? Je la suis dans les rues, dans les allées du magasin.

Mam' peut dire ce qu'elle veut, je la suivrai au bout du monde.

L'été est fini, pourtant il fait toujours aussi chaud. Avec la chaleur, la terre c'est du sable.

Avec Zaza, on se regarde.

– On va partir, je dis.

On essaye de rire, on ne peut pas. On n'a plus envie de rien, même pas d'aller jusqu'aux rails. On s'assoit contre le mur et on regarde fondre le goudron.

– 'u vas aller où ?

– Je sais pas. Sur la route. Peut-être jusqu'à Paris. On a un tigre là-haut, à Vincennes.

– Y a la me' à Pa'is ?

– Non, y a pas la mer.

Je creuse dans le goudron avec un bâton.

– Y a pas toi non plus… je dis.

Après, je gratte. J'enfonce. Je remonte du goudron et je m'en pose des plaques sur la main. Dans les poils. J'arrache.

– Tu peux 'ester ave' nous, elle dit Zaza.

Elle montre l'hôtel, toutes les fenêtres murées.

Je ne peux pas partir, je ne peux pas rester.

J'écarte les jambes, je me glisse les doigts dans la bouche, au fond. J'appuie. Je me fais vomir. Plutôt cracher. À peine. Je recommence.

Le chat vient se frotter contre mes jambes. Il s'approche du fauteuil et il se plante les griffes dedans. Le goudron, ça fait des bulles chaudes qui collent au bâton.

Je pourrais y enfoncer le chat si je voulais, lui écraser la tête et le mettre à sécher sur les marches.

Le chat ronronne. Il ne sait pas ce que je pense.

Je lève les yeux vers Zaza. Elle a la morve qui coule. Je l'aime quand même.

– Je vais partir mais je reviendrai.

– Et si moi 'e suis p'us là ?

– J'attendrai que tu reviennes.

– Tu attend'as ?

– Oui.

– Ça peut du'er 'ongtemps…

– Et alors ? J'suis patient. Et puis y aura le chat… Pas vrai le chat ? On attendra dix ans, vingt ans s'il le faut ! On s'en fout du temps ! J'aurai le saxo. J'irai jouer sur le périph'…

Ça me donne envie de pleurer d'imaginer tout ça. Une vie ici. Ou une vie ailleurs sans Zaza. Des deux, je ne sais pas ce qui est pire.

Zaza doit le savoir parce qu'elle aussi elle se glisse les doigts dans la bouche.

Quand je la vois faire, je me tais. Je regarde la longue file des voitures qui klaxonnent, les tôles qui vibrent sous le soleil, le cirque tout en bas. Les caravanes et le pylône. Mam' avait raison, au début on est étonné, après on s'habitue.

Même à l'odeur.

Même à Zaza.

Je remets les doigts. Avec Zaza, on se regarde par en dessous, les doigts bien enfoncés. On a les larmes qui débordent et qui coulent sur nos joues. On se sourit.

On appuie un peu plus et on se fait remonter toute la peine qu'on a dans le ventre.

On part dans deux jours, Mam' l'a dit. Toute la journée, on défait le chapiteau, on plie les bâches. On range les caisses, les outils.

À midi, l'homme vient récupérer son fourgon.

Après, on vérifie les pneus des caravanes et on met de la graisse dans les moteurs.

Quand je peux m'arracher, je cours à l'hôtel. Zaza est assise sur les marches. Dans ses yeux, il n'y a plus rien. Dans les miens, je ne sais pas. Quand je les touche, c'est sec. Vide. C'est froid.

– On peut t'emmener tu sais ! je lui dis en lui attrapant les mains.

On sait que ce n'est pas vrai. On se le dit quand même. On s'accroche avec nos yeux, avec nos mains. On veut se promettre quelque chose alors on cherche autour de nous.

On se promet la mer.

On fait ça vite, sans réfléchir.

La mer.

D'aller la voir ensemble. Une fois.

On se lève et on remonte le périph'. On marche tranquillement, comme si on avait la vie. La vie, on l'a, mais pas ensemble. Quelques heures, c'est tout.

La mer, on ne la trouve pas. À la place, on tombe sur un grand jardin avec de l'herbe, des arbres et une fontaine à poissons. On se trempe les pieds dans la fontaine. L'eau est froide. On fait le tour en remontant les pantalons. Après, on va glisser sur les toboggans. On se couche sous les arbres. On regarde le ciel, les feuilles. On s'endort. Quand on se réveille, on a faim. On s'achète des frites et on les mange en regardant les gens qui passent. On dort encore. On retourne chercher des glaces. On dépense tout l'argent qu'on a.

On dépense tout le sommeil. Tout le bonheur.

La fontaine, les glaces, on fait tout ça sans se lâcher la main. On s'accroche. La peur, ça nous fait rire. Les gens nous regardent méchamment.

Quand on revient, c'est l'après-midi. Pour la mer, c'est trop tard, on se promet d'y aller le lendemain. De se tremper dans l'eau jusqu'aux yeux. Et puis d'échanger notre sang.

On se promet tout ça sur le pont, tout en haut, comme un serment.

– Not' sang.

Après, on ne se dit plus rien.

On s'attrape la tête et on se regarde pour jamais s'oublier.

C'est l'odeur qui nous arrête. Une odeur âcre de moteur brûlé. De plastique. D'huile froide. Je sens ma main qui se glace ou alors c'est celle de Zaza. Un froid terrible qui nous envahit le dedans.

Je fixe droit devant, le périph', les voitures et, sur le trottoir, le mendiant. Le mendiant, ce n'est pas l'habitude, parce qu'il est debout et qu'il regarde en bas, du côté du cirque.

On s'avance, sur le pont, dans l'odeur de la ville et des voitures, et puis dans l'autre odeur.

Sans nous lâcher, on accélère le pas. On finit par courir. Au plus fort de l'odeur, il y a la fumée, une fumée épaisse et sombre qui nous fait tousser. Les voitures s'arrêtent pour regarder. Le mendiant est toujours penché. Il ne bouge pas. Quand il nous entend, il se retourne. Il lève la main, un signe, quelques secondes.

Je le bouscule pour voir.

Quand je vois, je reste accroché, les mains enfoncées dans la rambarde. J'ouvre la bouche. J'avale l'air, tout le gras de la fumée.

Après, je cours. Je dévale le périph', j'enjambe la barrière et je rejoins le camp. Là où il y avait le camp, il n'y a plus rien. Les caravanes, le camion, l'odeur c'est ça. La bâche fondue. Même la terre a brûlé autour des roues.

Quand j'arrive, les pompiers sont en train de ranger le matériel, ils plient les lances.

– Vous n'auriez jamais dû vous regrouper comme ça, si serrés.

Pa' est avec eux, il répond aux questions d'un policier.

Sam fouille dans les cendres. Tout ce qu'il peut, il le sort. Tout, ce n'est pas grand-chose. Du trempé. Des chaussures, un vase. Ce qu'il sauve, il le pose par terre contre les roues de la Mercedes.

Après, il s'assoit et il se pleure dessus comme un désespéré.

Autour, l'eau coule noire, en boue. C'est de l'eau mélangée à de la cendre. Partout. Avec les fleurs de Chicot arrachées. Les cygnes. Et notre vie au milieu.

– T'étais où ? il me demande Pa' quand il me voit. On t'a cru mort.

Je ne sais plus où j'étais. D'un coup, je n'ai plus de passé. Plus d'histoire. Le policier nous regarde, étonné, et puis il regarde sur le chemin les traces que les motos ont laissées.

– Ils étaient combien ? il demande.

– Trois.

– Vous les connaissiez ?

Pa' fait non avec la tête.

– Vous n'avez pas une idée ?

– Non, j'vois pas…

Le policier hausse les épaules, il ne le croit pas.

– C'est comme vous voulez, il dit, mais on sera obligés de faire une enquête. D'ici là, la mémoire vous sera peut-être revenue.

Il pose encore quelques questions et il note ce que Pa' a dit dans un carnet.

Après, il s'en va et on se retrouve entre nous.

On n'a plus de camion, plus de caravanes. Plus rien. On est tous là mais on a les mains vides.

Je me tourne vers Mam'.

Mam' baisse les yeux. Elle ne veut pas me regarder.

Sam non plus.

Je me sens mal. C'est trop de silence. Trop d'odeurs. J'ai la tête qui cogne. Je marche dans la cendre, je gratte, je cherche. Je ne sais pas ce que je cherche.

Après, je vois Chicot.

Chicot près de ses fleurs, avec l'oiseau. Je m'approche. Les fleurs sont écrasées, brûlées. Les cygnes renversés. L'oiseau est vivant.

J'ai l'habitude des yeux de Chicot, de lire dedans. Ses yeux dans les miens. Sa souffrance, ce n'est pas pour les fleurs. Ses mains qui tremblent. Il me regarde. Il tend la main, à peine. Soudain, une lueur à crever lui gicle des yeux.

Quand je comprends, j'ai le cœur qui se bloque et je m'entends hurler.

Je m'entends hurler et puis plus rien. Je titube. Dix fois je manque tomber. M'écraser sur la terre. Je m'avance jusqu'au camion. La guenon est étendue sur le sol derrière les grilles. Je vois son corps contre les barreaux. Recroquevillé. Dans ma tête, tout devient flou. La cage, le sol sous mes pieds. Je marche en tendant la main. Je m'accroche aux barreaux.

– Elle n'est pas morte… dit Chicot.

Je pousse la grille.

Quand elle m'entend, la guenon ouvre les yeux. Le reste ne bouge pas. Juste les yeux.

– Elle t'a attendu.

Je me baisse. Je lui touche la main, doucement. Je ne peux pas la prendre. Son corps, c'est une plaie. Un lambeau. Les poils. La peau. Je ne peux pas la toucher à cause de toute la peau qui se décolle.

Elle respire mais presque rien. Un souffle à peine. Je lui caresse la main. Dans ma tête, maintenant, il y a elle et moi et cette chose terrible qui vient d'arriver.

Je la regarde et je me pleure dessus.

Tamya la belle, celle qui est née le même jour. Tant qu'elle a les yeux ouverts. Sa main dans la mienne. Sa petite main poilue.

Je voudrais lui donner ma vie, ma vie de chien. Même ma vie c'est mieux que rien. Si elle s'en sort. Mais comment on peut se sortir de là ?

Je jure n'importe quoi. À mi-voix. En secret. Je jure que je ne volerai plus jamais. Je lève les yeux, je regarde le ciel entre les barreaux.

Je me promets à Dieu.

Pour qu'elle ne meure pas.

– Meurs pas… je lui dis.

Sa poitrine se soulève, laisse monter un petit bruit rauque. Je supplie le Dieu de Mam' et puis tous les dieux de la terre. À genoux.

J'étais au parc et on l'a tuée. La douleur me sort de partout. C'est une douleur de dedans d'âme, un mal qui me troue le ventre.

Qui m'envahit.

Qui me brûle tous les mots que j'ai dans la gorge.

Si elle meurt, je meurs aussi.

En pleurant, je me bave dessus.

– Meurs pas…

Quand je touche mon visage, je ne me reconnais pas.

Je prie, en langage rom, en langage blanc. Je prie des heures. Mes yeux dans les yeux de la guenon.

– Va-t'en pas… je gémis. Va-t'en pas…

Des heures, jusqu'à la nuit.

Quand la guenon bouge les lèvres, j'arrête de pleurer. L'espoir revient. Un espoir à vif. J'approche mes lèvres des lèvres brûlées. Comme on faisait avant. Doucement. Les yeux dans les yeux. J'approche. Je trouve le souffle comme quand on était vivants.

Ses yeux dans les miens. Mes lèvres sur les siennes. Comme quand on était un. Qu'on se léchait.

Je m'approche encore et je l'embrasse. Doucement. Je lui prends sa vie dans mon corps. Toute sa vie de petite guenon. Je prends sa chaleur. Son souffle brûlant.

Quand je me recule, elle me regarde encore. Elle s'accroche à moi. Avec ses yeux. Son reste de force. Elle ne veut pas s'en aller. Elle ne veut pas. Dans un dernier effort, elle soulève sa main. Elle me la tend.

Après, elle ne me voit plus.

Après encore, elle est morte.

Je passe la nuit à côté d'elle. Sans pouvoir bouger. Sans même me relever. Une pierre. Je laisse ma douleur me creuser un trou au-dedans. Un trou, pour elle. Pour qu'elle ait sa place. Un trou de bâche au creux de moi. À coups de larmes. Comme de la pioche. Si on m'approche, je tue. Je sais ça. Ils le savent aussi. Ils n'approchent pas. Ils ne dorment pas. Je les entends parler à mi-voix.

J'entends Mam' pleurer.

J'entends crier et puis je vois Pa' partir tout seul sur le chemin. Après, je n'entends plus rien.

Quand je me réveille, c'est le matin. Je suis autre chose.

Maintenant, la guenon est au-dedans de moi. Avec Petit Max. Tous les morts que je porte.

Les voix.

L'odeur de l'oncle Jo.

Le soleil se lève sur le camp, les caravanes brûlées. Les hommes sont arrivés, ils continuent leur travail autour du pylône. Maintenant, le chemin est dégagé. On peut aller, venir. On peut partir.

Sam est assis contre la roue de la Mercedes avec Mam', Chicot et toutes les affaires qu'ils ont pu sauver. Pa' n'est pas revenu. Il est parti à pied par le chemin et il a disparu.

Je me lève.

Je regarde le camp autour de moi. Le soleil. La brume légère qui recouvre les toits de la ville.

C'est le premier matin de ma guenon morte.

Zaza dit qu'il faut mettre la guenon dans un trou à côté de l'oncle Jo.

Ou ailleurs.

Que la mort c'est dans la terre.

Je ne veux pas. Je pose la guenon dans le fauteuil et je m'assois sur les marches.

La guenon, elle a pris toute la place dans mon ventre. Je la sens comme une pierre qui brûle. Je ne pleure pas. J'ai tout pleuré contre les barreaux de la cage. Maintenant, c'est fini, jusqu'à la fin de ma vie je ne pleurerai plus. Je vais exploser.

Je regarde le ciel, droit devant. Je n'ai pas peur.

Je n'exploserai pas.

Je vivrai.

Je ne sais pas, mais à un moment, avec Zaza on se regarde et la mer est là. Dans notre idée. Une idée pour la guenon.

Je me lève. Depuis le matin, j'ai de la salive plein la bouche. Je ne peux pas avaler. Je crache.

Je commence à pousser le fauteuil. Zaza suit derrière en portant le saxo. On remonte le périph', tout le chemin à l'envers. Le mendiant nous regarde, il ne nous demande pas où on va. Il sait. Il fait un signe avec la tête, c'est tout.

Avec Zaza, on redescend la ville. Quand on passe devant l'église, on s'arrête. Je fais pivoter le fauteuil et je le tire tout en haut des marches. On entre par la grande porte.

À l'intérieur, je reconnais mes traces, mes déchirures, mon chemin de calvaire. Je fais rouler le fauteuil sur les dalles et je remonte jusqu'à Dieu. Je mets le fauteuil bien en face et je lui montre la mort. Qu'il voie. Qu'il la prenne dans le ventre.

– C'est trop facile ! je lui dis.

Je ne peux pas m'empêcher. Je fais comme Mam', j'insulte. Les mêmes mots, la même colère. À la fin, je cogne dessus avec les poings et je pousse sur la pierre.

– Elle avait fait quoi ma guenon hein ?

La pierre n'est pas scellée, je la sens qui bouge sous mes mains. Je ne ferme pas les yeux. Je regarde et je pousse encore.

Dieu se balance, il bascule et il s'écrase sur les dalles. En touchant le sol, sa tête éclate. Même lui il ne peut rien contre ça. J'entends le bruit mat du plâtre et puis plus rien. Le silence.

Après, j'attends que le monde s'arrête.

Le monde ne s'arrête pas.

La mort de Dieu sent le plâtre. La poussière.

On peut tuer Dieu, il ne se passe rien.

Je récupère la nappe sur l'autel et je recouvre les jambes de la guenon. Je prends aussi un carton de cierges. Je le coince entre les roues du fauteuil.

Je pousse le fauteuil vers la sortie, entre les bancs, par la grande allée du milieu. Je marche doucement. Zaza suit derrière avec le saxo. En passant, je crache dans le bénitier. Derrière moi, j'entends Zaza qui crache aussi. Je me retourne et je lui souris.

Zaza, dans la lumière, elle a le visage de Marie.

– Cette fois, on va la trouver, la mer, je lui dis.

Au bas des marches, on croise un homme avec des paniers.

– La mer, c'est où ? on demande.

Il ouvre la bouche mais quand il nous voit de près, il ne dit rien. C'est à cause du fauteuil, de la guenon. De Zaza et du saxo.

C'est à cause de moi, de ma voix d'étranglé.

Quand on arrive aux grandes rues, on ne sait plus où aller.

– La mer, c'est où ?

Il y en a un qui prend pitié.

– Par là, tout droit.

Bientôt, sur les trottoirs, ça devient encombré. Quand ils nous voient, les gens changent de côté, ils se collent contre les murs. Ils me regardent, ils regardent Zaza et puis ils regardent le fauteuil et la guenon. La nappe blanche du curé.

Nous, on ne les regarde même pas.

Les larmes, elles me coulent dans la gorge. Dehors, j'ai les yeux secs. Je n'avale pas.

Mon désespoir, je le bave. Il me sort de la bouche en une écume gluante.

C'est pour ça que les gens se dégoûtent.

Pour ça et pour le reste. Mes yeux, mes croûtes, mes quilles de pucelle.

Et puis Zaza qui marche à côté de moi.

Zaza, elle doit le sentir aussi. Elle se met à chanter. Un chant triste à crever.

Bientôt, je chante avec elle et on gueule à tue-tête le long des rues qui descendent à la mer.

Le port, c'est beau, mais ce n'est pas la mer. Pour la guenon, je veux des vagues, du sable. Je veux l'immensité.

On longe les restaurants, les cafés.

– La mer ? Vous n'y êtes pas encore…

On ne s'arrête même pas pour se reposer. On s'éloigne du centre. Quand on voit des policiers, on se cache derrière les voitures.

Maintenant, d'un côté on a la route, de l'autre, des maisons, des arrières d'immeubles avec des garages fermés.

Après, des immeubles, il y en a de moins en moins. L'air se met à sentir le sel, un mélange d'essence et d'algues pourries.

On longe des maisons avec des balançoires, des jardins fleuris. On s'arrête. Les murs sont bas. Avec Zaza, on passe par-dessus et on ramasse toutes les fleurs qu'on peut. On en accroche aux bras du fauteuil, aux roues. On en recouvre le corps de la guenon.

Maintenant, la guenon, on dirait une mariée.

Après, on ne voit plus rien des maisons. On longe encore des murs, des façades sans fenêtre, des cours d'immeubles.

Et puis d'un coup, les murs s'arrêtent. La mer est là. Pas l'eau du port. La mer. La vraie.

Immense.

Vivante.

Je n'avais pas vu ça comme ça. Pas si grand. Pas si près du ciel. Une mer sans rocher avec du sable blanc à perte de vue.

Si je n'avais pas si mal, je serais heureux.

Quand on arrive aux escaliers, Zaza saute dans le sable. Elle lâche le saxo et elle court vers la mer.

– Ne vous baignez pas là, nous dit un homme. C'est les sorties d'égouts.

Il nous montre les tuyaux, des trucs énormes qui coulent jaune dans la mer.

Je ramasse le saxo et je pousse le fauteuil devant moi. Les roues s'enfoncent. Les fleurs tombent. À cause du sable, je ne peux plus pousser. Je tire. La mer, je la sens dans mon dos, encore loin.

De la route, l'homme me regarde faire. Il secoue la tête. Il a pitié.

Mam' dit que l'âme des morts doit pouvoir retourner sur les terres qui l'ont vue naître. Elle dit aussi qu'une âme qui ne retourne pas est une âme prisonnière pour l'éternité.

L'éternité c'est long, surtout quand on a le corps brûlé.

Il me faut un radeau. Je laisse le fauteuil et je vais fouiller autour des maisons. Près des tuyaux, je trouve du carton, des planches mais je n'ai rien pour clouer. Pas de ficelle.

Je m'accroche aux murs et je regarde dans les jardins. Je cherche dans l'ombre, autour des garages, une planche, quelque chose de suffisamment large pour porter le corps de la guenon. Je finis par trouver une porte en bois dans les herbes au fond d'un jardin.

La porte est lourde, difficile à traîner. Elle laisse une trace dans le sable. Je rejoins le bord de l'eau, le sable.

Zaza joue dans l'eau avec ce qui coule des égouts. Elle cherche des poissons le long des tuyaux. Les plus petits, elle se les met vivants dans la bouche. Elle rit aux éclats parce que ça lui bouge sur la langue. Quand ça ne bouge plus, elle avale. D'un coup. Elle est comme ça Zaza. Quand je la regarde, je sens quelque chose qui me remonte dans l'estomac. À mille à l'heure, ça me détruit. Ça me vide. Je me détourne pour vomir. Je ne vomis pas.

De chercher la planche, ça m'a repoussé le chagrin. Maintenant, de voir ma guenon, le chagrin revient. D'un coup. Il me tombe dessus avec une poigne de tueur. Il me rentre dans la gorge. Dans les yeux. La guenon, ce n'est pas comme quand elle dort. C'est autre chose.

C'est ma guenon.

Et ce n'est plus ma guenon.

Elle est encore un peu là. Un peu seulement. Quand je la touche, je la sens bouger dans mon ventre.

Je la soulève et je l'étends sur la planche. Elle ne pèse rien. Du poil c'est tout. Je me penche. Les plaies ont commencé à sécher, les croûtes sont noires là où le feu a brûlé.

J'arrange la tête, les mains, et puis j'arrange les fleurs autour. Toutes les fleurs. Je roule la nappe en boule et je lui fais un oreiller. Après, je vide mes poches. Je lui donne tout ce que j'ai, mon couteau, mon crayon, mon porte-clés. Je mets tout dans ses mains.

Avec mes doigts, je lui ouvre la bouche, je cherche la langue. Dedans, c'est dur, sec comme du carton. J'écarte. Je cherche le souffle de son vivant.

Je suis tout seul pour faire ça, toucher la guenon, la prendre dans mes bras et lui embrasser la bouche.

La dernière fois.

Quand j'ai fait ça, je ne suis plus rien.

Une pierre.

Si je ne crève pas là, je ne crèverai jamais.

La mer, je l'ai rêvée. Maintenant, je l'ai à mes pieds et elle me mouille les semelles. Maintenant aussi, elle va emporter ma guenon.

Je ramasse des coquillages et je les pose sur le radeau. Je mets tout ce que je peux, du sable, des morceaux d'étoiles séchées. Des carapaces de crabes.

Je mettrais ma vie si je pouvais.

Je défais mes lacets et je les pose sur le ventre de la guenon. Je m'arrache des cheveux. Par poignées. Je mets tout, avec les crabes, les bouts d'algues, les fleurs qui commencent à faner.

Après, je prends les cierges et je les plante dans le sable. Tous. En cercle autour du radeau. Quand ils sont bien plantés, je les allume. Je ne prie pas. Je ne crois plus en rien, même pas au chat cimenté.

Je m'assois à côté du radeau, au milieu des cierges allumés. Je regarde la mer, le mouvement des vagues devant mes pieds. J'entends le rire de Zaza. Je me souviens du rire de la guenon quand on jouait sous la bâche. C'est

Pa' qui l'a enfermée. Il l'a tuée. Je sais ça. Il a accroché la clé au clou, avec les autres clés.

Je reste une heure, peut-être deux, avec le rire de Zaza, le bruit des vagues et le souvenir de ma guenon.

Après, la guenon commence à puer. C'est le soleil, le soleil sur la mort.

J'attrape le saxo et je joue. Pour chasser l'odeur. Je joue les pieds dans le sable. La musique traverse mon chagrin, elle le lave. Elle le répand. Quand elle entend la musique, Zaza revient. Elle regarde les cierges, la mer. Elle me regarde moi et elle se laisse tomber dans le sable. Elle se recouvre les pieds, les jambes, le ventre.

Autour, les cierges continuent de brûler.

Je joue pour l'Afrique, pour la mer qui va emporter ma guenon. Je joue pour faire venir les jours meilleurs.

Je pense que la musique accompagnera le corps de ma guenon.

Bientôt, je ne pense plus.

Je ne sens même plus la douleur dans mes doigts.

Je joue l'adieu. L'adieu jusqu'au sang.

Quand j'ai fini, je repose le saxo, je regarde la mer, le lent mouvement des vagues. J'arrange une dernière fois les fleurs, les coquillages et puis j'entre dans l'eau. Des pieds. Des chevilles.

Je pousse le radeau sur l'eau et j'avance. Sous mes pieds, je sens le sable, les algues du bord de mer. Je sens les poissons.

C'est loin l'Afrique ?

J'ai de l'eau aux mollets, aux cuisses.

Le radeau flotte, les fleurs tombent.

L'Afrique, c'est juste de l'autre côté. Pas si loin.

Je ne sens plus les algues simplement le sable et les rochers. La vase gluante sous mes pieds.

Le courant tire le radeau. L'eau est jaune, recouverte de mousse et de débris. L'homme a raison, on ne devrait pas se tremper là.

Maintenant, j'ai de l'eau au ventre, au cou. Le soleil à ras de l'eau me brûle l'intérieur des yeux. Je vois des taches de lumière rouge qui éclatent dans mes larmes. Je tiens le radeau à pleines mains, je n'arrive pas à le lâcher.

J'ai les vagues au menton, du sel dans la bouche.

Je me retourne. Sur la plage, les cierges continuent de brûler avec Zaza au milieu. Zaza assise dans le fauteuil comme une princesse.

Je prends de l'eau dans la bouche. J'avale. L'eau. Les vagues. Le soleil. Je reste tant que je peux.

Bientôt, je ne peux plus avancer. Je tiens le radeau à bout de bras, la planche à hauteur des yeux.

La vague, je la vois, elle n'est pas plus grosse qu'une autre. Pas plus rapide. Elle est simplement la vague qui doit arriver.

La chose impossible à éviter.

Elle vient tranquillement, sans violence, elle soulève le radeau et en le soulevant, elle me soulève aussi. Quand je retombe, je l'avale. Par la bouche. Par le nez.

Je l'avale comme j'ai avalé la mort de la guenon. Elle me brûle la gorge, tout l'intérieur des yeux.

Je crache et en crachant, je lâche le radeau.

Après je tends la main mais je ne peux plus rien. Je m'entends crier. Avec le cri, j'avale tout le sel de la vague suivante.

La vague emporte le radeau, les fleurs, mes lacets. Elle emporte ma guenon. L'Afrique, ce n'est pas pour moi, c'est trop loin et puis je ne sais pas nager. Je sais ça. Je le sais depuis le début.

J'attends, jusqu'à ne plus voir.

Simplement un point.

Chicot dit, un bateau, sur la mer, tellement loin que tu ne le vois plus et pourtant il existe encore.

J'aurais dû mettre un drapeau. Quelque chose qui se voit de loin.

Je fixe le point.

Les fleurs qui flottent autour, les vagues.

Le point. Très loin. Entre le ciel et l'eau.

Quelques fleurs.

Et le soleil au-dessus qui plombe à pas savoir.

Bientôt, je ne vois plus rien. Je tremble. Doucement, je recule, je reviens vers la plage. Je regarde le ciel, le soleil, le radeau. Encore le soleil.

Et puis je vois l'ombre sur l'eau, au-dessus de moi, l'ombre noire sur le bleu des vagues.

Je lève les yeux.

Devant le soleil, il y a l'oiseau. L'oiseau de Chicot.

Il vole jusqu'au radeau et puis il revient. Il fait le chemin. Une fois et une autre encore.

Il vient voler au plus près de moi en planant à ras de l'eau.

Les oiseaux de passage ne se touchent pas. Un jour, ils s'approchent, c'est eux qui décident. L'homme ne peut rien.

L'oiseau me regarde. Il s'éloigne, il bifurque et puis il revient. Je vois son ombre sur l'ombre de l'eau. Son ombre bleue qui revient. Je ne bouge pas.

C'est l'oiseau qui choisit. Sans toucher l'eau, il s'approche et il met son vol à portée de ma main. Un instant, je vois la lueur dans le fond de ses yeux. Toute l'intelligence des oiseaux de passage. Leur force de vie. Je tends la main et sous mes doigts, je sens enfin son plumage.

Le temps de rien. D'un souffle. La douceur soyeuse de son corps.

Alors l'oiseau plonge ses yeux dans les miens, il pousse un grand cri et dans un battement d'ailes plus fort que les autres, il s'arrache à la mer et il s'éloigne lentement en direction du soleil.

Saint-Savin,
janvier 2002.

L'AUTEUR

Née en 1961, Claudie Gallay vit dans le Vaucluse. Elle a publié aux éditions du Rouergue *L'Office des vivants* (2001), *Mon amour ma vie* (2002), *Les Années cerises* (2004), *Seule Venise* (2004, repris en collection Babel n° 725), *Dans l'or du temps* (2006, repris en collection Babel n° 874) et *Les Déferlantes* (2008).

BABEL J

Des romans contemporains
pour une nouvelle génération de lecteurs.

COLLECTIF
Mai 68 à l'usage des moins de vingt ans

RUSSELL BANKS
Sous le règne de Bone

JEANNE BENAMEUR
Ça t'apprendra à vivre

HENRI-FRÉDÉRIC BLANC
Jeu de massacre

FIONA CAPP
Surfer la nuit

CHANG TA-CH'UN
Enfants des rues

GERT HOFMANN
Notre philosophe

DIRK KURBJUWEIT
Deux sans barreur

DENIS LACHAUD
J'apprends l'allemand

CATHERINE LEBLANC
Le Problème avec les maths

URSULA LE GUIN
Loin, très loin de tout

GÜNTER OHNEMUS
Je suis le tigre sur tes épaules

SERGE PEREZ
Dommage pour moi

LEÏLA SEBBAR
Marguerite

MICHEL TREMBLAY
La Nuit des princes charmants

MALIKA WAGNER
Terminus Nord

COÉDITION ACTES SUD – LEMÉAC

Ouvrage réalisé
par l'atelier graphique Actes Sud.
Achevé d'imprimer
en février 2008
par Normandie Roto Impression s.a.s.
61250 Lonrai
sur papier fabriqué à partir de bois provenant
de forêts gérées durablement (www.fsc.org)
pour le compte
des éditions Actes Sud
Le Méjan
Place Nina-Berberova
13200 Arles

Dépôt légal
1re édition : mars 2008
N° impr. 080544
(Imprimé en France)